Ines Allerheiligen

Die Schläferin

Ines Allerheiligen

Die Schläferin

Bibliografische Information der Deutschen Nationalbibliothek:
Die Deutsche Nationalbibliothek verzeichnet diese Publikation in der Deutschen Nationalbibliografie; detaillierte bibliografische Daten sind im Internet über http://dnb.dnb.de abrufbar.

Impressum
Deutschsprachige Erstausgabe Juni 2025
Copyright © 2025 Ines Allerheiligen
Umschlagdesign by Ines Allerheiligen
Umschlag: Ines Allerheiligen

Verlag: BoD · Books on Demand GmbH, Überseering 33,
22297 Hamburg, bod@bod.de
Druck: Libri Plureos GmbH, Friedensallee 273, 22763 Hamburg

ISBN (Print): 978-3-8192-9880-6

Mossul – 2015

Die Stadt ächzte unter der erbarmungslosen Mittagshitze. Die Luft flimmerte über den rissigen Asphaltstraßen, wo sich kleine, trügerische Pfützen wie flüssiges Silber sammelten – nur Illusion, geboren aus der Hitze. Die Menschen hatten sich längst in ihre Häuser zurückgezogen, Schutz suchend vor der sengenden Sonne. Selbst die Schatten wirkten stumpf und kraftlos, als hätte die Hitze ihnen jede Tiefe geraubt. Die Fensterläden der meisten Gebäude waren geschlossen. Die Temperaturen waren in dieser Woche auf unerbittliche 43 Grad gestiegen. Der Himmel spannte sich wolkenlos und bleiern über der Stadt, ein endloses Blau ohne Gnade, eine Abkühlung war nicht in Sicht. Man konnte den Staub förmlich auf den Lippen schmecken. Er legte sich auf die Haut, mischte sich mit dem Schweiß und bildete einen dünnen Film, der sich kaum wegwischen ließ. Die Pflanzen in den Vorgärten standen mit hängenden Blättern da, verdorrt und brüchig wie altes Papier.

Mossul, die zweitgrößte Stadt im Irak, gleich nach Bagdad, lag am westlichen Ufer des mächtigen Tigris, der im Osten der Türkei entsprang. Sein Wasser schnitt sich durch die Landschaft, schlängelte sich durch karge Ebenen und fruchtbare Täler, bevor er die syrische Grenze streifte und weiter nach Süden floss. Dort vereinte er sich mit dem Euphrat und gemeinsam zogen sie als gewaltiger Strom durch das Herz Mesopotamiens, bis sie schließlich im Persischen Golf verschwanden.

Der Tigris war das Lebenselixier dieser Stadt, doch in der glühenden Hitze des Sommers schien selbst sein Wasser langsamer zu fließen. Am Ufer waren pudrige Staubschichten abgelagert, die vom Wind in alle Himmelsrichtungen verstreut wurden.

Mossul, eine Stadt voller Geschichte und Vielfalt, war geprägt von ihren zahlreichen Moscheen, deren Minarette sich stolz in den Himmel reckten. Besonders auffällig war die große Moschee des Al-Nuri, deren kunstvoll verzierter Turm das Wahrzeichen der Skyline von Mossul darstellte. Sie war ein Ort des Gebetes, aber auch ein Symbol kultureller Identität und architektonischer Meisterleistung.

Mit der Entdeckung von Öl im 20. Jahrhundert wandelte sich die Stadt rapide. Der neugewonnene Wohlstand zeigte sich in Form moderner Gebäude, die zwischen traditionellen Bauten entstanden. Ölraffinerien schossen aus dem Boden und erstreckten sich über die ganze Umgebung. Es entstand eine neue Infrastruktur mit neuen Straßen, Brücken und Versorgungseinrichtungen, um die wachsende Bevölkerung und Industrie zu unterstützen. Aber Mossul blieb auch weiterhin eine Stadt, die ihre Geschichte nicht vergaß. Die alten Moscheen, die Basare und die engen

Gassen erzählten weiterhin die Geschichten aus vergangenen Jahrhunderten.

Doch die friedliche Vielfalt, die Mossul einst auszeichnete, war zerbrochen. Viele Menschen hatten die Stadt in den letzten Jahren verlassen. Im Juni 2014 war Mossul in die Hände des sogenannten Islamischen Staates gefallen. Die brutale Eroberung veränderte die Stadt unwiderruflich.

Mossul war einst eine Stadt unterschiedlichster Kulturen und Glaubensrichtungen. Kurden, Jesiden, Araber, Schiiten, Sunniten und Christen lebten hier nebeneinander. Ihre Sprachen und Traditionen prägten das Stadtbild und wurden je zerstört durch den Einmarsch der Dschihadisten.

Besonders die Christen litten unter der neuen Herrschaft. Sie wurden vor die Wahl gestellt: entweder zum Islam zu konvertieren, die Stadt zu verlassen oder hingerichtet zu werden. Die Straßen, einst erfüllt von lebhaftem Miteinander, wurden leerer. Häuser standen verlassen, ganze Viertel wirkten wie ausgestorben.

Seitdem herrschten die strengen Regeln des sogenannten Kalifats. Die Scharia wurde mit eiserner Härte durchgesetzt, und das Leben in Mossul veränderte sich dramatisch.

Das Leben in Mossul war nun von ständiger Kontrolle und Furcht geprägt. Für alles gab es Vorschriften und harte Strafen. Männer mussten ihre Bärte lang tragen – ein Symbol der vermeintlichen Rechtschaffenheit. War ein Bart nicht lang genug, folgte eine Geldstrafe von 10.000 Dinar. Auch die Kleidung wurde kontrolliert: War eine Hose nicht kurz genug, gab es zehn Peitschenschläge als Strafe. Doch diese Regeln waren nur der Anfang. Handys wurden verboten, ebenso wie das Internet, Zigaretten, Fotos, Wasserpfeifen und Musik. Alles, was als unislamisch galt oder die Kontrolle der Herrschenden gefährden konnte, wurde rigoros unterdrückt.

Doch wie so oft galt auch hier: Die Regeln trafen nicht alle gleichermaßen. Ausländische IS-Kämpfer genossen Sonderrechte. Ihnen war es gestattet, Internetcafés zu besuchen, während die Einheimischen völlig von der Außenwelt abgeschnitten waren.

Die Straßen, einst erfüllt von Stimmen und Leben, waren nun still und angespannt. Ein falsches Wort, ein unpassender Blick – schon drohten Strafen, die alles nur noch schlimmer machten.

Das Stadtbild hatte sich verändert. Die Gesichter der Bilder in der Stadt, selbst von Tieren, waren übermalt worden. Die Köpfe von Skulpturen in den Parks, Museen oder öffentlichen Plätzen waren abgeschlagen. Nur Allah sollte die Macht haben, Geschöpfe zu erschaffen.

Die neuen IS - gesteuerten Behörden erhoben auf alles eine Steuer. Wer diese nicht zahlen konnte, musste mitkämpfen. Die traditionellen Lehrbücher in den Schulen wurden verbrannt und es gab neue Lehrbücher. In denen lernten die Kinder etwas über den Zusammenbau von Waffen, wie man diese bediente, wie man einen Panzer fuhr, und sie sahen Videos von Enthauptungen Ungläubiger.

Aliyas Familie gehörte zu denjenigen, die unter der neuen Herrschaft besonders litten. Ihr bescheidenes Einkommen reichte kaum aus, um die ständigen Forderungen der Besatzer zu erfüllen. Für viele Familien war es möglich, ihre Söhne mit Bestechungsgeldern oder Beziehungen vom Schulbesuch fernzuhalten, wo die Ideologie des sogenannten Islamischen Staates gelehrt wurde. Doch Aliyas Familie besaß weder genügend Geld noch einflussreiche Kontakte.

So blieb ihnen keine Wahl. Rais, der einzige Sohn der Familie, musste zur Schule gehen. Täglich verließ er das Haus mit schwerem Herzen, denn der Unterricht bestand längst nicht mehr aus Mathematik, Geschichte oder Literatur. Stattdessen wurde Hass gepredigt, Krieg glorifiziert und Gehorsam gegenüber den selbsternannten Führern eingefordert. Rais war ein schmächtiger Junge von 14 Jahren mit großen ängstlichen Augen. Während seine Klassenkameraden bereits stolz ihre ersten Bartansätze zur Schau trugen, die sie genau nach Vorschrift wachsen ließen, hatte sich auf seiner Oberlippe nur ein kleiner Flaum gebildet. Sie nannten ihn *walid sarier*, kleiner Junge. Es waren viele Jungen in seiner Klasse, die nicht freiwillig hier waren, aber keiner litt so sehr wie Rais darunter.

Aliyas Familie war nicht besonders groß. Neben ihrem Bruder Rais hatte sie noch zwei Schwestern. Muna die Älteste, war mittlerweile zwanzig Jahre alt, während Mariam mit achtzehn nur zwei Jahre jünger war. Aliya selbst war die Jüngste in der Familie. Im Frühling war sie sechzehn geworden. Muna und Mariam waren bereits verheiratet und wohnten nicht mehr im elterlichen Haus. Ihre Hochzeiten waren einfache, aber freudige Anlässe gewesen – Feste voller Lachen, Musik und köstlichem Essen. Erinnerungen, die sich anfühlten, als stammten sie aus einem anderen Leben. Nun lebte sie mit ihren Eltern und Rais alleine im Haus.

Trotz der großen Hitze trug Aliya an diesem Vormittag eine Abaya und einen Niqab. Nur ihre großen, mandelförmigen Augen, die die Farbe von dunklen

Smaragden hatten, blickten wachsam durch den schmalen Schlitz des Niqabs und beobachteten die Autos, die sich im zähen Mittagsverkehr durch die Straßen von Mossul kämpften. Über ihre Hände hatte sie schwarze Handschuhe gezogen. Aliya achtete sehr streng auf die Kleiderordnung, die seit der Einnahme von Mossul durch den Islamischen Staat eingeführt wurde, und auch sonst hielt sie sich an die neuen Regeln. Zu gerne wäre sie an Stelle von Rais zur Schule gegangen, um alles über den wahren Islam zu lernen. Aber als Frau war es ihr nicht erlaubt, und so musste sie im letzten Jahr die Schule verlassen und ging seitdem ihrer Mutter im Haushalt zur Hand.

Jeden Abend, wenn Rais im Bett war, nahm sie heimlich seine Schulsachen und zog sich damit in die kleine Speisekammer zurück. Dort machte sie es sich hinter dem Regal mit den eingemachten Kichererbsen bequem und verschlang die neuen Bücher, als wären sie ein großer Schatz. Die Worte brannten sich in ihr Gehirn ein, und sie musste sie kein zweites Mal lesen.

Rais hatte die Bücher achtlos auf den Tisch geworfen. Aliya las die Worte, die er so sehr hasste, und konnte nicht begreifen, warum seine Ablehnung so stark war. Vielleicht war es die ständige Angst, beobachtet und bestraft zu werden, wenn er auch nur das Falsche dachte. Sie aber empfand eine tiefe Ruhe und Nähe zu Allah, wenn sie in den Büchern ihres Bruders las.

Aliya quälte sich weiter durch die Hitze. Jeder neue Schritt schien schwerer zu sein als der letzte. Die Sonne brannte unbarmherzig vom Himmel, und ihre Kleider klebten unangenehm an ihrer Haut.

An der nächsten Ecke befand sich ein großer Obst- und Gemüsemarkt, Aliyas letztes Ziel für diesen Tag. Als sie am Marktstand ankam, an dem die Familie für gewöhnlich einkaufte, war der Verkäufer bereits dabei, einige seiner Waren einzuräumen, um für das Mittagsgebet zu schließen.

„Kann ich noch von den Datteln bekommen?"

Aliya blickte beschämt auf die Straße, um den Mann nicht direkt anzuschauen.

„Natürlich, welche hättest du denn gerne?“

„Ich nehme ein Kilo von den losen Datteln dort rechts“, sie zeigte auf eine Kiste mit großen Datteln. Sie ging immer zu diesem Marktstand, um Datteln zu kaufen. Sie waren weich und besonders süß. Die ganze Familie liebte es, diese Datteln am Abend zu essen, während der Vater aus dem Koran rezitierte.

Der Verkäufer nahm vier Hände voll und ließ die Datteln in eine Papiertüte fallen. Dann wog er diese ab.

„Bitte schön, genau ein Kilo.“

Aliya bezahlte, verabschiedete sich und machte sich auf den Weg nach Hause. Der Muezzin hatte bereits angefangen zum Gebet zu rufen, und sie musste sich beeilen, um das *Zuhur*, das Mittagsgebet nicht zu verpassen. Vom Markt aus waren es nur wenige Minuten bis zum elterlichen Haus. Die *Al Schabab* Straße war eine schmale Straße, gesäumt von niedrigen Häusern mit abblätterndem Putz und eisernen Toren. Das

Haus ihrer Familie hob sich von den anderen ab, zumindest für Aliya. Es war ein wunderschönes Haus, nicht wegen seiner Größe oder seines Glanzes, sondern wegen der Geborgenheit, die es ausstrahlte. Ein kleiner Garten schmückte den Eingangsbereich und zog sich einmal um das Haus herum. Er war gerade groß genug, dass die Familie dort einige Hühner halten und ein wenig Gemüse anbauen konnte. Aliya liebte die Arbeit im Garten. Sie hatte direkt an der Mauer, die den Garten umgab, wunderschöne Beete angelegt. Die eine Hälfte der Beete war mit bunten Blumen bepflanzt, um deren Blüten sich im Frühling eine Vielfalt von Insekten tummelten, und die andere Hälfte der Beete war mit Tomaten, Kichererbsen, Bohnen und einer Vielfalt von Kräutern bestückt, deren Duft in der warmen Luft hing.

Seitdem die Schwestern zu den Familien ihrer Ehemänner gezogen waren, war der Garten ihr kleines Reich. Sie fütterte die Hühner und machte den Stall sauber. Der Gemüseanbau war nicht immer leicht. An manchen Tagen gab es nicht genug Wasser, um die

Pflanzen zu bewässern. Dann vertrockneten sie oder Aliya erntete das Gemüse, wenn es noch sehr klein war, bevor es nicht mehr genießbar war. Das Haus war von einer drei Meter hohen Mauer umgeben, um es vor den Blicken der Nachbarn, hauptsächlich vor den Blicken der Männer, zu schützen. So konnte Aliya auch ohne Abaya und Hijab im Garten herumlaufen, arbeiten oder einfach nur entspannen.

Ganz hinten im Garten stand eine kleine Laube, versteckt hinter einem knorrigen Olivenbaum. Zwei kräftige Weintraubenreben hatten sich im Laufe der Jahre um die hölzerne Struktur gewunden. Ihre Ranken, verschlungen wie ein natürliches Netz, umhüllten das Häuschen fast vollständig. Ein kleiner schmaler Steinweg schlängelte sich vom Hauseingang direkt dorthin. Es war eine weiße und eine rote Traube, die sich je von einer Seite an der Laube entlang schlängelten.

Im Herbst verwandelte sich die Laube in ein wahres Paradies. Die Weinreben hingen dann schwer unter der Last praller, saftiger Trauben, die in der milden Herbstsonne schimmerten. Aliya liebte es, hier zu sitzen und die süßen Früchte direkt von den Reben zu pflücken. Sie musste nur den Kopf heben und konnte die Trauben mit dem Mund greifen, fast als wäre sie im Paradies.

In der Laube gab es viele Sitzkissen sowie Kissen, die an die Wände angelehnt waren. Im Sommer saß die ganze Familie hier und genoss leckeren *Chai, Mate oder Mokka,* aß selbstgemachtes Gebäck und lauschte den Koranversen, die der Vater vorlas. Auf der anderen Seite des Gartens, dort, wo die Sonne am längsten schien, hatte Aliya im letzten Jahr einen kleinen Dattelbaum gepflanzt. Es war ein zartes Bäumchen, kaum mehr als ein dünner Stamm mit ein paar grünen Blättern, die trotzig aus der trockenen Erde ragten. Sie hatte ihn selbst gezogen, aus den Kernen der süßen Datteln, die sie immer auf dem Markt kaufte.

Bis der kleine Dattelbaum die ersten Früchte tragen würde, würden noch viele Jahre vergehen. Sie stellte sich vor, wie sie eines Tages unter dem breiten Schatten ihres eigenen Dattelbaums sitzen würde. Die Blätter würden sanft im Wind rascheln, während sie sich gegen den Stamm lehnte, die Augen halb geschlossen, neben ihr eine kleine Kanne mit dampfendem Tee, dessen Duft sich mit der warmen Luft vermischte. Und in ihrer Hand hielte sie frische, goldbraune Datteln, süß und weich, von ihrem eigenen Baum.

Als Aliya zu Hause ankam, eilte sie ins Haus. Ihre Schritte führten sie direkt in die Küche, wo sie zügig die Früchte und das Gemüse, das sie auf dem Markt gekauft hatte, in die Kühlkammer legte. Es war wichtig, alles schnell zu verstauen, bevor die Wärme die frischen Lebensmittel verderben konnte. Nachdem sie die Hände und das Gesicht mit kaltem Wasser gewaschen hatte, begab sie sich in den großen Salon. Dort warteten bereits ihre Eltern und Rais, bereit zum Mittagsgebet. Der Raum war schlicht, aber gepflegt.

Bunte Teppiche lagen auf dem Boden, und in einer Ecke flackerte schwach das Licht einer alten Öllampe. Aliya holte ihren eigenen Gebetsteppich aus dem Regal, breitete ihn sorgfältig auf dem Boden aus und stellte sich dahinter auf. Sie spürte die Stille im Raum, eine friedliche Stille, die mit jedem Atemzug tiefer wurde. Gemeinsam neigten sie ihre Köpfe zum Gebet und lauschten den vertrauten Worten ihres Vaters.

Nach dem Gebet winkte die Mutter Aliya zu sich her. „Komm, folge mir in die Küche", sagte sie mit einem Lächeln. Aliya schaute ihre Mutter fragend an, als diese weitersprach.

„Heute ist ein besonderer Tag. Wir erwarten Gäste zum Tee."

„Was für Gäste?" Aliya war erstaunt, denn gewöhnlich empfingen sie Gäste nur an den Wochenenden. Es wurde immer schon Tage vorher gekocht und alles war vorbereitet, um die Gäste willkommen zu heißen. Doch heute war es anders. Die Mutter senkte den Blick, als wollte sie etwas abwägen, ehe sie mit leiser

Stimme antwortete: „Es wird dein zukünftiger Ehemann sein. Und seine Eltern."

Aliya riss erstaunt die Augen auf und starrte ihre Mutter ungläubig an.

„Was? Wer ist dieser Mann?"

„Du kennst ihn nicht", antwortete ihre Mutter ruhig.

„Jetzt frag nicht zu viel. Es ist nicht der Zeitpunkt. Geh schnell nach oben in dein Zimmer und richte dich her für deinen großen Tag. Ich werde alles für die Gäste vorbereiten."

Aliya lief die Treppe hinauf, ihre Schritte hallten leise in dem stillen Haus. In der ersten Etage befand sich ihr Zimmer. Früher hatte sie es mit ihren beiden Schwestern Mariam und Muna geteilt. Doch im letzten Jahr hatte sich alles verändert. Muna war als erste ausgezogen, direkt nach ihrer Hochzeit. Nur ein halbes Jahr später folgte Mariam. Nun war Aliya alleine in dem großen Zimmer zurückgeblieben, das früher voller Lachen und Gespräche gewesen war. Es fühlte sich seltsam ruhig an, fast schon leer. Das Zimmer nebenan gehörte Rais. Das Schlafzimmer der Eltern lag am anderen Ende des Flurs.

Aliya ließ sich auf ihr Bett fallen, atmete tief ein und versuchte, ihre Gedanken zu sammeln. Nein, sie hatte weder Angst noch war sie traurig, denn sie kannte die Tradition, nach der ein Mann für die Töchter der Familien ausgesucht wurde.

Der Mann kam mit seinen Eltern zu Besuch in das Haus der Familie der Frau, die er heiraten wollte oder die seine Familie für ihn ausgesucht hatte. Die Tochter des Hauses servierte den Tee und hielt sich bedeckt. Dies war der erste Kontakt von Mann und Frau. Sollte ihr Vater einverstanden sein und den Mann als gut für seine Tochter halten und auch die Familie des Mannes stimmte zu, würde alles für die Hochzeit vorbereitet werden. Das waren die Traditionen, und sie würde sie akzeptieren.

Aliya stand auf und ging in das kleine Badezimmer, das direkt an ihr Zimmer grenzte. Sie wusch sich das Gesicht und fuhr mit ihren Fingern durch die Haare, um sie zu kämmen. Für diesen besonderen Tag wählte sie ihre schönste Abaya aus. Ein Hauch von Aufregung stieg in ihr hoch, begleitet von einem Gefühl, das sie nicht genau benennen konnte. Freude? Nervosität? Vielleicht beides. Sie war bereit, ihren zukünftigen Mann kennenzulernen.

Nachdem sie fertig war, setzte sie sich ans Fenster, von dem aus sie einen weiten Blick auf den Garten hatte. Die Blumen, die Bäume und der sanfte Wind, der durch das offene Fenster strich, schienen sie zu beruhigen. Sie griff nach ihrem Koran, öffnete ihn und begann, einige Verse mit flüsternder Stimme zu lesen. Die vertrauten Worte gaben ihr Trost, halfen ihr, sich zu sammeln und den Moment still zu genießen.

Sie wartete darauf, dass ihre Mutter nach ihr rief. Erst dann würde sie nach unten gehen, in den Salon zu den Gästen.

Es klopfte leise an der Tür.

„Aliya? Bist du bereit?"

Aliya sprang auf, küsste den Koran mit einem sanften Kuss und legte ihn dann sorgsam auf seinen Platz zurück. Ihre Finger berührten das wertvolle Buch mit einer Zärtlichkeit, als wollte sie sich von ihm noch etwas Trost holen, bevor sie sich der Realität stellte. Sie öffnete die Tür und trat hinaus, die Spannung in ihrem Körper spürbar, aber auch eine seltsame Ruhe innerlich.

„Ja, Mama. Ich bin bereit", sagte sie, die Worte fast flüsternd.

Sie folgte ihrer Mutter in die Küche, wo bereits ein Tablett für sie bereitstand. Es war ein sorgsam vorbereitetes Arrangement aus Teetassen, Löffeln und kleinen, goldenen Schalen mit Süßigkeiten. Aliya nahm das Tablett zitternd in die Hände und folgte ihrer Mutter in den Salon. Schon beim Betreten hörte sie das leise Gemurmel der Stimmen. Ihr Herz klopfte schneller, als sie einen Schritt nähertrat. Sie senkte ihren Kopf, ein Zeichen des Respekts und der Scheu, und ließ ihren Blick nur vorsichtig durch den Spalt ihres Schleiers schweifen. Auf der einen Seite des Tisches saß ein Mann. Er war vielleicht Anfang 50, mit vollem, leicht gewelltem schwarzem Haar, das gut gepflegt war. Der graue Kaftan, den er trug, war edel und schlicht zugleich, und ein Tuch war kunstvoll um seinen Kopf gewickelt. Neben ihm saß eine Frau, die sich ebenfalls bescheiden verhielt. Sie hatte den Kopf gesenkt und trug eine Abaya. Aliya ging langsam auf sie zu und bot ihnen Tee und einige Süßigkeiten von ihrem Tablett an.

Schließlich drehte sie sich dem jungen Mann zu, der an der Seite ihres Vaters saß. Ihre Blicke trafen sich nur kurz. Er hatte dunkelbraune Augen, die sie schüchtern, aber gleichzeitig mit einer Wärme musterten, die sie für einen Moment atemlos machte. Es waren die wärmsten Augen, die Aliya je gesehen hatte – Augen, die eine stille Sicherheit ausstrahlten – Augen, in denen sie sich verlor. Auch er hatte schwarzes Haar wie sein Vater, aber es war glatt. Die Haare hingen ihm bis kurz über den Schultern und liefen in einen gepflegten Bart über. Auch er trug ein Tuch um den Kopf und war mit einem weißen Kaftan bekleidet. Er hatte helle Haut und war von schlanker Statur. Als Aliya ihm Tee anbot, nahm er den Tee an, schaute ihr erneut kurz in die Augen und wandte sich dann sofort wieder Aliyas Vater zu.

Aliya setze sich auf einen Hocker, der neben der Tür stand, nicht direkt an den Tisch und lauschte den Gesprächen. Er hatte eine ruhige Stimme und konnte sich gewählt ausdrücken. Das gefiel Aliya. Sein Name war Isa, er war 31 Jahre alt und hatte Medizin an der Universität in Mossul studiert. Das letzte Jahr hatte er in England verbracht und dort in London in einem Krankenhaus gearbeitet. Aliyas Vater schien sehr beeindruckt von ihm zu sein.

Nach einer Weile ging Aliya in die Küche, um noch eine weitere Kanne Tee zu kochen. Als sie zurück in den Salon kam, hörte sie, wie ihr Vater zu Isa sagte: „Dann sind wir uns also einig. Die Hochzeit wird in zwei Wochen stattfinden, damit ihr rechtzeitig abfliegen könnt."

Die beiden Männer gaben sich die Hände, die Hochzeit war beschlossene Sache.

Die letzten zwei Wochen waren wie im Flug vergangen, und Aliya konnte kaum fassen, wie schnell die Zeit verstrichen war. Es fühlte sich an, als wäre gestern noch der Tag gewesen, an dem ihre Mutter ihr von ihrem zukünftigen Ehemann erzählt hatte. Es musste viel organisiert werden. Aliya brauchte ein Visum, ein Hochzeitskleid musste genäht werden und die Reisevorbereitungen mussten getroffen werden. Nachdem Isa mit seinen Eltern das Haus der Familie verlassen hatte, erfuhr sie, dass sie noch am Tage der Hochzeit mit ihrem Mann nach London fliegen würde. Isa hatte im St. Mary's Hospital, im Londoner Stadtteil Paddington, eine feste Anstellung als Anästhesist bekommen. Die Wohnung, in der sie leben würden, befand sich in der Nähe des Krankenhauses.

Während ihr Mann arbeiten ging, sollte Aliya Englischunterricht erhalten und alles über die Kultur und das Leben in ihrer neuen Heimat lernen.

Je näher der Tag der Hochzeit rückte, desto in sich gekehrter wurde Aliya. Es lag nicht an Isa, er gefiel ihr, obwohl sie ihn seit dem Tag des Kennenlernens nie wiedergesehen hatte. Es lag auch nicht daran, dass sie das elterliche Haus verlassen musste. Vielmehr war es der Gedanke, dass sie mit Isa nach Europa, nach London gehen würde. In ein Land, welches sich so sehr von ihrer Heimat unterschied. Europa war für sie immer weit und unerreichbar gewesen. In den Büchern, die Rais aus der Schule mitbrachte und die Aliya liebte, war England ein Land der Ungläubigen. Sie ließen keinen Zweifel daran, dass Menschen in den westlichen Ländern in Sünde und Schande lebten. Sie beteten nicht zu Allah, die Frauen zeigten offen ihre Körper, ihre Haare, sie hörten Musik, tanzten und vergnügten sich in Bars und Clubs und liebten den Luxus und die Verschwendung, anstatt sich mit den Dingen zufriedenzugeben, die Allah für sie bestimmt hatte.

Am Abend vor der Hochzeit, als Aliya mit ihrer Mutter zusammen in der Küche die letzten Vorbereitungen traf, wirkte sie so abwesend, dass ihre Mutter sie darauf ansprach.

„Aliya, du bist so still geworden in den letzten Tagen. Gefällt dir dein zukünftiger Mann nicht?“

Aliya schaute ihre Mutter an, ihre Augen füllten sich mit Tränen.

„Doch Mutter, Isa gefällt mir, sehr sogar. Aber der Gedanke, dass wir nach London gehen, um dort zu leben, macht mir Angst.“

„Aber Aliya, London ist eine sehr schöne Stadt“, sagte ihre Mutter sanft. „Isa hat deinem Vater viel über das Leben dort erzählt. Die Menschen sind offen und freundlich. Sie werden dich dort mit offenen Armen aufnehmen. Du wirst viel lernen - eine neue Sprache, eine neue Kultur. Du kommst raus aus Mossul und wirst frei leben können, ohne die Regeln, die der Islamische Staat uns hier auferlegt hat."

„Ich liebe aber mein Leben hier und ich liebe die Regeln, die uns der Koran auferlegt hat. Ich will mich nicht ändern und ich lasse mich von niemandem verbiegen. Sie werden mich nicht akzeptieren, so wie ich bin."

„Du bist nicht alleine, Aliya. Du hast deinen Mann, der an deiner Seite steht. Du wirst viel lernen und du wirst das Leben dort lieben, und nun möchte ich nicht weiter darüber sprechen. Ich werde deinem Vater nichts über unser Gespräch erzählen und ich möchte, dass du es auch nicht tust. Du hast dich zu fügen und deinem Mann zu folgen, wo immer er auch hingeht. Und nun gehe in dein Zimmer und bereite dich auf deinen großen Tag morgen vor."

Aliya hatte nicht damit gerechnet, dass ihre Mutter so streng reagieren und derart wenig Verständnis für sie aufbringen würde. Sie war sich sicher gewesen, dass ihre Mutter sie verstehen würde. Von ihrem Zimmer aus blickte sie in den Garten, in ihren Garten. Der kleine Dattelbaum stand still im Mondlicht. Er bewegte sich nicht einen Millimeter, obwohl ein leichter Wind eingesetzt hatte, den seine schmalen Äste unermüdlich strotzten.

„Ich werde sein wie mein kleines Dattelbäumchen“, dachte Aliya. „Stark und unerschrocken. Nichts wird mich verbiegen.“

Sie öffnete das Fenster und flüsterte in die Nacht: „Auf Wiedersehen, mein Dattelbäumchen. Eines Tages komme ich wieder. Dann werde ich unter dir sitzen, einen Tee trinken und von den Dattelfrüchten naschen, die du dann tragen wirst.“

Sie schloss das Fenster und spürte, wie sich eine wohlige Ruhe in ihr ausbreitete. Sie würde niemals wieder mit jemandem über dieses Thema sprechen.

London

Aliyas Finger krallten sich in die Lehne ihres Sitzes fest. Das Dröhnen der Turbinen füllte ihre Ohren, während der Druck auf ihre Brust zunahm. Ein Zittern ging durch die Maschine, als das Flugzeug begann, sich über das Rollfeld zu bewegen. Es wurde schneller und schneller. Sie wurde in ihren Sitz gedrückt und hatte das Gefühl, dass ihr der Atem genommen wurde. Sie schaute aus dem Fenster und sah, dass die Landschaft sich langsam zur Seite neigte. Die Welt unter ihr schrumpfte schnell, Straßen wurden zu dünnen Linien, Häuser zu winzigen Punkten.

„Wir heben ab", dachte sie.

Sie zwang sich tief einzuatmen und den Griff um die Lehne zu lockern.

Es war ihr erster Flug. Isa, der ihre Angst spürte, legte leicht seine Hand auf ihren Arm.

„Du brauchst keine Angst zu haben. Sobald wir die Flughöhe erreicht haben, wirst du nicht mal mehr merken, dass wir überhaupt fliegen."

Aliya lächelte ihren Mann schüchtern an. Langsam wurde sie ruhiger. Isa strahlte eine unbändige Zuversicht und Ruhe aus und Aliya konnte sich zu ihrer Überraschung darauf einlassen.

Heute Morgen erst hatten sie und Isa geheiratet, und nun waren sie schon auf dem Weg nach London. Sie flog in ein neues Leben, in eine fremde Stadt, mit einem Mann, den sie bisher nur wenige Stunden kennengelernt hatte. Sie hatten seitdem kaum mehr als Höflichkeiten ausgetauscht. Ihre Worte in jedem Gespräch vorsichtig und formell gewählt.

Jetzt saß sie hier, Tausende Meter über dem Boden, zwischen ihrem neuen Leben und ihrer Heimat, die sie zurückgelassen hatte.

Sie hatte sich dazu überreden lassen, für die Reise nach London nur den Hijab zu tragen, obwohl es ihr nicht behagte. Ohne den Niqab fühlte sie sich nackt, verletzlich, als ob jeder Blick sie unvermittelt treffen könnte. Ihre Mutter hatte sie davon überzeugt.

„Es wird einfacher sein, Aliya“, hatte sie gesagt.

„In London verstehen die Menschen unsere Kultur oft nicht, sie macht ihnen Angst. Mach es dir nicht schwerer, als es ohnehin schon ist.“

Die Worte ihrer Mutter machten ihr Sorgen. Was für ein Leben würde sie in London erwarten, würde sie sich jemals dort heimisch fühlen?

Aus dem Lautsprecher erklang die Stimme des Kapitäns: „Sehr verehrte Fluggäste. Wir haben nun unsere anvisierte Flughöhe von 30.000 Fuß erreicht. Das Wetter ist sonnig und ruhig. Die Flugzeit nach London beträgt sieben Stunden und zehn Minuten und wir werden voraussichtlich gegen 22 Uhr Ortszeit auf dem Flugplatz Heathrow landen. Ich wünsche Ihnen eine angenehme Flugzeit.“

Aliya atmete tief durch und wagte einen Blick aus dem kleinen, runden Fenster. Sie sah viele Wolken und die

Sonnenstrahlen am Horizont. Es war eine Unendlichkeit, die sie faszinierte und sie fühlte sich näher bei Allah denn je.

„Das ist wunderschön, Isa."

„Ich weiß. Auch ich war wie verzaubert bei meinem ersten Flug. Wir können uns jetzt abschnallen", sagte er und half Aliya, den Gurt zu lösen.

„Möchtest du etwas trinken oder essen?"

„Später. Ich gehe jetzt zum Gebet. Gibt es im Flugzeug eine Möglichkeit dazu?"

„Ja, es gibt einen Gebetsraum."

Aliya stand vorsichtig auf und ging erst etwas unsicher, dann aber mit festen Schritten zu dem Raum, der sich kurz vor dem Cockpit befand.

Es war ein sehr kleiner Raum, aber er reichte für ein Gebet. Auf der rechten Seite, direkt neben der Tür, kniete bereits eine Frau, vertieft im Gebet, neben ihr ein Mann. Weiter vorne beteten zwei weitere Männer. Aliya entschied sich dafür, die linke Seite für sich auszuwählen. Sie legte ihre Gebetsachen sorgfältig aus, schloss die Augen einen Moment, um zur Ruhe zu kommen und begann ihr Gebet. Das erste Mal kam ihr der Gedanke, warum Isa sie nicht zum Gebet begleitet hatte?

Als sie fertig war, faltete sie ihren Gebetsteppich zusammen, erhob sich und machte sich auf den Weg zurück zu ihrem Platz. Für einen kurzen Moment traf sich ihr Blick mit dem der Frau, die an der Seite ihres Mannes gebetet hatte.

Als sie wieder neben Isa saß, sah sie, dass er schon etwas zu Essen bestellt hatte. Vor ihm stand ein Tablett mit Hähnchen, Reis und einem kleinen Salat. Er selbst war noch mit seiner Mahlzeit beschäftigt, während ihr Tablett mit einem frischen Salat gerade serviert wurde.

„Warum betest du nicht?", fragte Aliya leise, während sie ihre Gabel in den Salat tippte.

„Ich hole das Gebet später nach", erwiderte Isa beiläufig, während er einen Bissen nahm.

„Du wirst sehen, wenn wir erstmal in London sind, gibt es andere Prioritäten, einen anderen Tagesrhythmus. Du wirst dich daran gewöhnen.“

Aliya musterte ihn mit einem überraschten Blick, während sie ihren Salat kaute. „Ich will mich aber nicht daran gewöhnen“, dachte sie entschlossen. Auch wenn das Leben in London sie vielleicht herausfordern würde, so würde sie doch immer an ihren Pflichten festhalten.

Die restliche Reise verbrachte Aliya größtenteils schweigend. Sie starrte aus dem Fenster, wo die Wolken wie sanfte Wattebäusche unter dem Flugzeug schwebten. Die letzten Tage waren so anstrengend gewesen – der Abschied, das Packen, die endlosen Vorbereitungen. Irgendwann, während sie weiter in Gedanken versunken war, überkam sie die Müdigkeit und sie glitt in einen tiefen, traumlosen Schlaf.

Sie erwachte erst wieder, als der Pilot die Durchsage für die Landevorbereitungen machte. Die Fluggäste sollten sich anschnallen und die Lehnen wieder in die

Sitzposition zurückstellen. Aliya blinzelte verschlafen und richtete sich auf. Ihre Augen fühlten sich schwer an, doch der Blick aus dem kleinen Fenster ließ sie sofort hellwach werden. Unten breiteten sich Lichter aus, wie funkelnde Perlen sah es aus.

„Wir landen gleich, schnalle dich an", sagte Isa und warf ihr einen schnellen Blick zu, während er seinen Sicherheitsgurt festzog.

Aliya griff ebenfalls nach ihrem Gurt und klickte ihn ein. Ihr Herz klopfte ein wenig schneller.

„Ist das London unter uns?", fragte sie mit einer Mischung aus Neugierde und Nervosität.

„Das sind erst die Vororte", erklärte Isa und deutete aus dem Fenster. „London ist riesig, groß, voller Leben. Es wird dir gefallen."

Er lächelte sie ermutigend an, doch Aliya konnte die Aufregung kaum unterdrücken. Sie wollte glauben, dass es ihr gefallen würde, dass sie sich hier einleben könnte. Doch ein Teil von ihr konnte nicht aufhören, an das zu denken, was sie zurückgelassen hatte.

Der Flughafen Heathrow war riesig, und Aliya fühlte sich von der Weite und dem geschäftigen Treiben überwältigt. Die Decke der Ankunftshalle war hoch, das Licht grell und überall um sie herum eilten Menschen geschäftig hin und her. Sie setzte sich auf eine Bank, legte ihre Tasche neben sich und wartete auf Isa, der an dem Gepäckband stand und auf ihre Koffer wartete. Während sie wartete, ließ sie ihren Blick durch die Ankunftshalle schweifen. Die Halle war überfüllt mit Menschen – Reisende, die in Eile waren, Begrüßende, die sich umarmten. Überall gab es Gespräche, Koffergeklapper und das Murmeln der Lautsprecher mit irgendwelchen Durchsagen.

Plötzlich bemerkte sie ein Gesicht in der Menge. Eine junge Frau, die sich direkt in ihre Richtung drehte und ihr leicht zunickte. Aliya war einen Moment lang überrascht darüber, doch dann erkannte sie die Frau. Es war diejenige, die im Gebetsraum des Flugzeugs gebetet hatte. Sie erwiderte die Geste und lächelte zurück. Die Frau schien es bemerkt zu haben, und für einen Augenblick hielten sich ihre Blicke. Doch dann erschien der Mann an der Seite der Frau und gemeinsam verschwanden sie in der dichten Menge.

Aliya saß still und dachte über die Begegnung nach. Es war seltsam, in dieser riesigen, fremden Stadt jemanden erkannt zu haben, den sie erst vor kurzem im Flugzeug gesehen hatte.

Sie schaute sich wieder um, bis sie schließlich Isa entdeckte, der mit ihren Koffern auf sie zukam. Sie erhob sich und ging ihm entgegen, mit den Gedanken noch immer bei der fremden Frau.

Er winkte einem Gepäckträger, der die Koffer auf einen Gepäckwagen verstaute, sie bis vor die Flughafentür transportierte und dort auf dem Gehsteig abstellte. Isa gab ihm Geld für seine Dienste, wofür sich der Mann überschwänglich bedankte. Dann winkte er ein Taxi ran.

„Wie lange brauchen wir zu unserer Wohnung?"

„Wenn der Verkehr es zulässt, werden wir in einer knappen Stunde zu Hause sein. Die Wohnung wird dir gefallen." Isa lächelte Aliya zärtlich zu.

Die Fahrt über den Motorway in Richtung Innenstadt war ruhig und beinahe gespenstisch. Aliya lehnte sich zurück und sah durch das Fenster des Taxis. Es war bereits kurz vor Mitternacht und die Straßen waren nur spärlich befahren. Gelegentlich blitzte das Licht eines Autos auf, das in der Ferne vorbeifuhr. Nur durch die Fenster der Häuser, die in warmem Licht erstrahlten, konnte Aliya etwas von der Landschaft um sie herum erahnen.

Nach einer Stunde Fahrt bogen sie schließlich ab und fuhren in eine ruhigere Straße. Als das Taxi vor einem dreistöckigen Haus im Jugendstil hielt. Das Haus, das vor ihr stand, hatte eine imposante, aber doch einladende Erscheinung. Es war aus hellem Stein gebaut, mit weiträumigen Fenstern und filigranen Verzierungen, die den Charme der vergangenen Zeit widerspiegelten.

„Hier sind wir", sagte der Fahrer und öffnete die Türen des Taxis. Aliya stieg aus und blickte auf das Gebäude. Es war das erste Mal, dass sie ihr neues Zuhause sah. Isa nahm das Gepäck aus dem Kofferraum und trat an ihre Seite.

„Das ist unser neues Zuhause", sagte er mit einem Lächeln. „Ich hoffe, es gefällt dir."

„Es ist wunderschön, Isa. Wo ist unsere Wohnung?"

„Die mittlere Wohnung ist unsere."

Er deutete auf die Fenster, die sich in der Mitte des dreigeschossigen Hauses befanden. Ausgenommen eines Fensters im Dachgeschoss, war das Haus in vollkommener Dunkelheit getaucht und schien in tiefem Schlaf zu liegen. Kein Wunder zu dieser späten Stunde.

„Bis zum Krankenhaus sind es nur zehn Minuten Gehweg. Ist das nicht fantastisch?"

Das Haus war so charmant, wie es alt war – mit seinen hohen Decken, den kunstvoll verzierten Fensterrahmen und dem sanften, gedämpften Licht im Eingangsbereich. Isa schloss die massive hölzerne Eingangstür auf und führte Aliya in das Treppenhaus. Das Haus hatte leider keinen Fahrstuhl und so nahm

Isa das Gepäck und trug es die breite Treppe hinauf. Aliya folgte ihm. Es war eine schlichte, aber stattliche Treppe aus poliertem Holz. Sie erreichten den zweiten Stock, und Isa blieb vor einer imposanten, schweren Tür stehen. Auf dem Klingelschild war in schwarzen Großbuchstaben ihr Name und der von Isa eingraviert.

„Das ist unsere Wohnung“, sagte Isa leise. Mit einem feierlichen Blick zog er den Schlüssel aus seiner Tasche und übergab ihn stolz an Aliya. Zögerlich nahm sie den Schlüssel und steckte ihn in das Schloss. Ein leises Klicken ertönte, als sich die Tür öffnete.

Die Wohnung war wunderschön eingerichtet. Über einen breiten Flur gelangte man in das Wohnzimmer mit Blick auf die Straße. Eine Glastür führte auf einen kleinen Balkon mit einem Tisch und zwei Stühlen. Ein großes weißes Sofa bildete den Mittelpunkt des Raumes. Davor stand ein runder Glastisch, auf dem Aliya frische Blumen anlächelten. Durch einen gemauerten Bogen ging man in einen weiteren Raum, dessen Blickfang ein rustikaler Eichentisch war, um den zehn Stühle ihren Platz fanden. Dieser Raum wiederum war zu einer Seite offen und führte in die Küche. Das Schlafzimmer ging direkt vom Wohnzimmer ab. Es hatte ebenfalls eine Glastür, die auf den Balkon führte, der beide Räume miteinander verband. Nachdem Isa ihr noch das Badezimmer und sein Arbeitszimmer gezeigt hatte, blieb er vor einer Tür stehen. Erwartungsvoll schaute Aliya Isa an.

Er öffnete die Tür und sie blickte in einen vollkommen leeren Raum.

„Dies ist dein Reich, Aliya. Du kannst dir das Zimmer einrichten, wie du es möchtest“, stolz lächelte er sie an.

Aliya schaltete das Licht ein und der Raum wurde sofort in ein warmes, sanftes Licht getaucht. Die Wände waren in einem Cremeweiß gestrichen, welches am Übergang zur Decke zartrosa abgesetzt war. Von der Decke hing eine zierliche Lampe im orientalischen Stil. Sofort begann Aliya in Gedanken, ihren Raum zu planen.

„Wie findest du dein Zimmer?“ Isas Stimme riss sie aus ihren Gedanken.

Sie drehte sich zu Isa um, berührte ihn leicht am Arm und lächelte.

„Ich danke dir. Er ist wunderschön. Nun möchte ich nur noch schlafen gehen. Ich bin todmüde.“

Am nächsten Morgen wachte Aliya bereits sehr früh auf. Das Zimmer lag noch im sanften Halbdunkel der Dämmerung, und neben ihr schlief Isa tief und friedlich. Sein Atem war ruhig und gleichmäßig. Vorsichtig schob Aliya die Decke zur Seite und setzte leise ihre Füße auf den kalten Boden, bemüht, keinen Lärm zu verursachen.

Es war Zeit für das Morgengebet. Das erste Gebet, das sie hier, in ihrem neuen Zuhause in London verrichten würde. Dafür ging sie in ihr Zimmer. Es war zwar noch leer, aber für sie war es selbstverständlich und wichtig, ihr erstes Gebet hier abzuhalten.

Als sie fertig war, ging sie leise in die Küche. Neugierig und ein wenig aufgeregt begann sie, die Schränke zu öffnen, einen nach dem anderen. Zu ihrer großen Freude fand sie vertraute Lebensmittel aus ihrer Heimat - Gewürze, Tee, Linsen. Mehl. Die vertrauten Düfte, die aus den Verpackungen strömten, zauberten ihr ein Lächeln ins Gesicht. So bereitete sie an diesem Morgen das erste gemeinsame Frühstück für sich und ihren Mann vor. Frisches Fladenbrot, Oliven, Käse und süßer Honig fanden ihren Platz auf dem Tisch. Schließlich goss sie den dampfenden Tee auf. Sein Duft erfüllte die kleine Küche.

„Wow, das sieht ja fantastisch aus", sagte Isa, als er kurze Zeit später in die Küche kam.

Immer wieder schaute Aliya während des Frühstücks zu Isa. Dann fasste sie sich ans Herz und fragte ihn.

„Isa, warum hast du heute Morgen kein Morgengebet verrichtet?"

Isa lächelte kurz.

„Wir sind hier in London, Aliya. Hier gelten nicht die strengen Gesetze aus der Heimat. Jeder kann hier tun und lassen, was er möchte, auch du. Du kannst beten, wann du möchtest, dein Kopftuch ablegen, was immer du möchtest."

Aliya zuckte innerlich zusammen. Isa bemerkte es und fügte schnell hinzu: „Du kannst aber auch alles so beibehalten, wie du es bisher getan hast. Es steht dir frei."

„Niemals werde ich meine Pflichten vernachlässigen. Ich werde dem Koran folgen, so wie Allah es mir befohlen hat." Sie schaute Isa mit einem Blick an, der sagte, dass dieses Thema nicht weiter besprochen werden musste.

Aliya merkte, wie sich ihr Herz ein wenig vor Isa verschloss. Sie wollte ihn in ihr nächstes Gebet einbeziehen und Allah bitten, ihm zu helfen, wieder zu ihm zu finden. Sie wusste, dass er ein herzensguter Mann war. Schließlich war er Arzt und half täglich vielen Menschen, gesund zu werden. Allah würde ihm sicherlich verzeihen, dass er sich in den letzten Jahren von ihm entfernt hatte.

Die nächsten Wochen verbrachte Aliya damit, ihre neue Heimat kennenzulernen. Wenn Isa im Krankenhaus war und sie keinen Englischunterricht hatte, unternahm sie ausgiebige Spaziergänge durch Paddington, das Stadtviertel von London, in dem sich ihre Wohnung befand. Die Praed Street war eine breite Straße, gesäumt von großen mehrstöckigen Häusern und vielen Geschäften.

In einer schmalen, kopfsteingepflasterten Straße unweit ihrer Wohnung entdeckte Aliya auf einem ihrer vielen Spaziergänge ein kleines, aber eindrucksvolles Einrichtungshaus. Die Schaufenster waren liebevoll dekoriert, bestückt mit handgefertigten Möbeln, kunstvoll verzierten Teppichen und filigranen Lampen. Über dem Eingang prangte ein hölzernes Schild mit verschnörkelter Schrift. „Salam" stand auf dem Schild geschrieben. Als Aliya das Geschäft das erste Mal betrat, war es, als würde sie in eine andere Welt eintauchen. Es war nicht nur der Anblick der wunderschönen traditionellen Möbel, die orientalischen Ursprungs waren, sondern es war der würzige, süßliche Duft, der den ganzen Raum erfüllte. Ein Duft der Erinnerungen weckte tief aus ihrer Kindheit und sie augenblicklich an ihr Elternhaus erinnerte. Sie entdeckte die Quelle des Duftes schnell. Überall auf den Tischen standen kleine Metallgefäße, aus denen Rauch spiralförmig aufstieg. Räucherstäbchen brannten darin und hüllten den Raum in einen betörenden Duft von Sandelholz, Myrrhe und Rosenblüten. Aliya schloss einen Moment die Augen und atmete ihre Erinnerungen tief ein.

„Der Duft ist wundervoll, nicht wahr?"
Eine sanfte, freundliche Stimme unterbrach ihre Gedanken. Aliya schaute auf und entdeckte einen älteren Herrn, dessen Gesicht von einem vollen, graumelierten Bart eingerahmt wurde. Seine dunklen Augen ruhten erwartungsvoll auf ihr.
„Ja", antwortete Aliya. „Er erinnert mich an mein Zuhause."

„Wo sind sie zu Hause, wenn ich fragen darf?“, wollte der Mann wissen und musterte sie neugierig.

„Ich stamme aus dem Irak, aus Mossul“, gab sie freimütig preis, ohne zu zögern. Den Blick stets nach unten gesenkt, um dem fremden Mann nicht direkt in die Augen zu schauen. Sie hatte den Niqab, seitdem sie aus Mossul abgeflogen war, nicht wieder angezogen, aber ihre Verhaltensregeln würde sie auch fern der Heimat beibehalten.

„Oh“, erwiderte der Mann, „Mossul ist eine wunderschöne Stadt. Es war eine wunderschöne Stadt, bevor…“ Der Mann sprach nicht weiter.

„Es ist immer noch eine wunderschöne Stadt, mein Herr“, sagte sie mit Nachdruck. „Egal, was passiert ist.“

Aliya erfuhr, dass der Mann der Inhaber des Geschäftes war und aus Teheran stammte. Ihr Englisch war bisher nicht hervorragend, aber sie konnten sich gut miteinander verständigen. Er erzählte ihr, dass er schon seit zwanzig Jahren in London lebte und hier sehr glücklich war. Nachdem er Aliya eine Stunde durch den Laden geführt und ihr viel über die Herkunft einzelner Möbelstücke erzählt hatte, verabredeten sie sich für den nächsten Tag. Aliya wollte mit Isa wiederkommen, um einige schöne Möbel für ihr Zimmer zu kaufen.

So brachte sie nach und nach eine kleine Portion Heimat in ihr Zuhause und nach einiger Zeit war ihr Zimmer genauso, wie sie es sich stets vorgestellt hatte.

Sie hatte nicht nur ein wunderschönes Zimmer in den letzten Wochen eingerichtet, sondern auch einen väterlichen Freund in dem Inhaber des Geschäftes gefunden. Sein Name war Reza und sowohl Isa als auch Aliya mochten ihn sehr gerne.

Isa war es dann auch, der Aliya überredete Reza zu sich nachhause einzuladen, um ihm das neu eingerichtete Zimmer zu zeigen. Reza kam gerne und brachte seine Frau mit. Amara war einige Jahre jünger als Reza. Sie hatten sich auf einer Hochzeitsfeier in London kennengelernt. Die Wohnung der beiden befand sich über dem Geschäft. Und so kam es dazu, dass

Aliya auf ihren Spaziergängen immer wieder dort einkehrte. Zuerst ging sie durch den Laden, auf der Suche nach etwas Neuem für die Wohnung, und dann zu Amara in die Wohnung und trank mit ihr zusammen Tee. Amara und Reza kamen regelmäßig zum Essen zu Isa und Aliya.

An einem klaren, kühlen Freitagvormittag schlenderte Aliya mit gemächlichen Schritten in Richtung eines Lebensmittelgeschäfts, in dem sie für das Essen am Abend einkaufen wollte. Auf ihrem Weg begegneten ihr immer wieder Männer in traditionell muslimischer Kleidung. Die weißen Qamis der Älteren wirkten makellos, während die jüngeren Männer oft farbenfrohe Varianten trugen. Da es Freitagvormittag war und sie alle in dieselbe Richtung liefen, wusste Aliya, dass sie sich zum Freitagsgebet aufmachten. Anstatt ihren ursprünglichen Plan fortzusetzen, beschloss sie spontan, ihnen zu folgen. Unbemerkt hielt sie ein wenig Abstand und ließ ihren Blick über die verschiedenen Gruppen wandern. Besonders fiel ihr ein älterer

Mann mit silbergrauem Bart auf, dessen Gang trotz seines Alters eine würdige Anmut besaß. Neben ihm ging ein jüngerer Mann, vielleicht sein Sohn, der respektvoll mit geneigtem Kopf zuhörte, während der Ältere sprach.

Nach zehn Minuten erreichte Aliya schließlich eine Straße, die von hohen Kastanienbäumen gesäumt wurde. Am Ende erhob sich ein prächtiges Gebäude, das ihr beinahe den Atem raubte. Die Moschee, vor der sie nun stand, war von atemberaubender Schönheit. Ihre hellen Mauern glänzten im Sonnenlicht, während das kunstvoll verzierte Minarett in den Himmel ragte. Die gefliesten Kuppeln erinnerten Aliya an schimmernde Perlen.

Ehrfürchtig blieb sie stehen und ließ ihren Blick über die gesamte Moschee schweifen. In ihren Herzen schlug ein vertrautes Pochen, denn dieses prächtige Bauwerk erinnerte sie unwillkürlich an die große Al-Nuri - Moschee in ihrer Heimat Mossul. Fast täglich war sie früher bei ihren Einkäufen an der Al-Nuri -

Moschee vorbeigekommen. Doch nur ein einziges Mal hatte sie das Innere betreten dürfen. Es war der Tag, an dem ihre ältere Schwester Muna ihren zukünftigen Mann heiraten sollte. Die Neuigkeit hatte ihr Vater erst an jenem Morgen verkündet, an dem die Hochzeitszeremonie in der Al-Nuri - Moschee stattfinden sollte, vollzogen von niemand Geringeren als Imam al-Rashid. Aliya erinnerte sich noch genau an die Aufregung, die ihren Körper an diesem Morgen erfasst hatte. Wahrscheinlich hatte ihr Herz lauter geklopft als das ihrer Schwester Muna, die mit einer anmutigen Gelassenheit durch die Moschee geschritten war.

Die Al-Nuri-Moschee war wunderschön gewesen. Ihre gewaltigen Bögen und kunstvoll geschnitzten Türen wirkten wie Portale zu einer anderen Welt. Aliya konnte ihren Blick kaum von der Schönheit der Moschee lösen. Als der Imam mit mächtiger Stimme die Gebete sprach, hatte sich Aliya beinahe schwerelos gefühlt.

Danach hat es ein kleines Fest mit allen Verwandten und Freunden im Garten der Familie von Munas Ehemann gegeben.

Die beiden Männer waren bereits in der Moschee verschwunden, als der Muezzin begann, zum Freitagsgebet zu rufen. Sie wusste, dass es ihr nicht erlaubt war, durch den gleichen Eingang in die Moschee zu gehen, wie die Männer. Langsam ging sie um die Moschee herum, in der Hoffnung, den Eingang für die Frauen zu finden. Sie entdeckte ihn auf der rechten Seite der Moschee. Dort gab es eine Treppe, die zu einer zweiflügligen Holztür führte. Über der Tür war ein Schild, auf dem in englischer und arabischer Sprache das Wort „Frauen" geschrieben war.

„Assalamu alaikum. Suchen sie den Eingang zur Moschee?"

Aliya drehte sich überrascht um. Vor ihr stand eine Frau, deren dunkle Augen freundlich funkelten. Sie trug ein schlichtes, aber elegantes Kopftuch, das ihr

Gesicht umrahmte und lächelte sie an. Aliya stutzte. Einen Moment lang glaubte sie, ihren Augen nicht trauen zu können. Vor ihr stand die Frau aus dem Gebetsraum im Flugzeug nach London.

„Ja", antwortete sie, noch immer erstaunt, sie wiederzusehen.

„Ich bin neu hier in der Stadt und bin einer Gruppe Männern gefolgt, in der Hoffnung, dass sie zum Freitagsgebet in die Moschee gehen."

Die Frau nickte verständnisvoll. „Kommen Sie, ich nehme Sie mit rein."

Während sie zusammen die Treppe hochgingen, musterte Aliya die Frau unauffällig. Es war eine angenehme Überraschung, ihr hier zu begegnen, als hätte das Schicksal beschlossen, ihre Wege erneut zu kreuzen.

„Mein Name ist übrigens Latifa", stellte sie sich schließlich vor. „Und wie heißen Sie?"

„Ich heiße Aliya."

Latifa öffnete die Tür und beide traten in die Moschee ein. Hinter der großen Holztür befand sich ein kleiner

Raum mit grün gesprenkelten Bodenfliesen. An der Seite gab es Regale für die Schuhe. Aliya zog ihre Schuhe aus und stellte sie neben denen von Latifa in das Regal.

„Hinter der rechten Tür befindet sich ein kleiner Waschraum. Du kannst dort deine Gebetswaschung durchführen. Ich habe es schon zu Hause getan“, Latifa zeigte auf eine Tür mit der Aufschrift „Waschraum“.

Aliya betrat den kleinen Waschraum, in dem sich ein Waschbecken aus altrosa Marmor sowie eine kleine abgetrennte Toilette befanden. Zügig führte sie ihre Waschung durch und ging zurück in den Vorraum, wo Latifa auf sie wartete.

Zusammen gingen sie durch eine schlichte, aber kunstvoll verzierte Tür in den Gebetsraum für die Frauen. Aliya spürte sofort die Stille, die hier herrschte. Eine Stille, die nicht leer oder kalt war, sondern erfüllt von einer ruhigen, ehrfürchtigen Atmosphäre. Der Boden war vollständig mit einem großen

Teppich ausgelegt, der wirkte, als wäre er aus zahllosen kleinen Gebetsteppichen zusammengesetzt. In warmen Rottönen mit goldenen und blauen Akzenten zog sich das Muster durch den gesamten Raum.

Als sie eintraten, bemerkte Aliya drei weitere Frauen, die bereits im Raum waren. Eine ältere Frau saß auf ihren Fersen, ihre Hände ruhten in ihrem Schoß, und eine jüngere ordnete gerade ihr Kopftuch, bevor sie sich auf den Gebetsteppich begab. Die Dritte, eine Frau mittleren Alters, nickte Latifa freundlich zu, als sich ihre Blicke trafen.

Der Imam erzählte an diesem Freitag die Geschichte eines kleinen Jungen aus Riad, der mit seinen Eltern im Alter von sechs Jahren nach London eingewandert war. Der Junge namens Malik begleitete seinen Vater jeden Freitag in die Moschee und nahm wöchentlich am Koranunterricht teil. Mit 18 Jahren begann Malik in der Moschee Koranverse zu rezitieren und kehrte kurz darauf nach Saudi-Arabien zurück, wo man ihn nun als Rezitator an der al- Haram - Moschee in Mekka hören konnte.

Ein Raunen ging durch die Menge, als der Imam das Freitagsgebet beendete.

Aliya ging mit Latifa aus dem Gebetsraum. Unten an der Treppe trafen sie auf die drei Frauen aus dem Gebetsraum. Sie standen zusammen, unterhielten sich und lachten miteinander. Als sie Aliya und Latifa sahen verstummten sie. Latifa blieb vor dem Grüppchen stehen. „Bis später, wie immer, Schwestern." Dann zog sie Aliya weiter.

„Kommst du am nächsten Freitag wieder in die Moschee?"

„Gerne Latifa."

„Dann treffen wir uns hier vor dem Eingang, gleiche Zeit wie heute!"

Als Aliya an diesem Abend in ihrer Küche das Essen zubereitete, summte sie leise vor sich hin. Der Duft von Gewürzen, Kreuzkümmel, Koriander und Zimt lag in der Luft und vermischte sich mit dem Knistern des heißen Öls in der Pfanne.

Am Esstisch saß Isa, die Arme auf der Tischplatte verschränkt, und beobachtete seine Frau mit einem leichten Lächeln auf den Lippen. Sie wirkte beschwingt, fast ausgelassen, während sie das Essen servierte.

„Du wirkst so glücklich heute Abend", bemerkte er schließlich. „Ist was passiert?"

Aliya stellte eine dampfende Schüssel mit Reis auf den Tisch, sah ihn an und nickte.

„Ich war heute in der Moschee."

Isas Augen leuchteten auf. „Das freut mich", sagte er aufrichtig.

„Ich habe dort eine Frau kennengelernt", fuhr Aliya fort, während sie sich zu ihm setzte.

„Ihr Name ist Latifa. Es ist dieselbe Frau, die ich schon im Flugzeug beim Gebet getroffen habe."

Isa zog erstaunt die Augenbrauen hoch. „Tatsächlich? Was für ein Zufall!"

Aliya lächelte. „Ja, ich konnte es selbst kaum glauben. Es hat sich so vertraut angefühlt, sie wiederzusehen. Wir haben uns gleich gut verstanden."

Isa nahm sich eine Portion des würzigen Reisgerichts, nickte und fragte dann: „Und wirst du sie wiedersehen?"

„Ja, wir haben uns für nächste Woche zum Freitagsgebet verabredet."

„Das freut mich, Aliya."

„Warum kommst du nicht mit Isa? Du hast am nächsten Freitag frei."

Er lehnte sich nachdenklich zurück.

„Mal schauen, vielleicht komme ich tatsächlich mit. Dann kannst du mich deiner neuen Freundin vorstellen."

Geheime Treffen

Die Woche verging wie im Flug. In der freudigen Erwartung auf das Wiedersehen mit Latifa am Freitag in der Moschee fiel Aliya diese Woche alles besonders leicht. Sie war gut gelaunt und hatte ein paar schöne Abende mit Isa. In diesen Momenten nahmen sie sich Zeit für lange Gespräche, um sich besser kennenzulernen, etwas was, bisher oft zu kurz gekommen war. Isa hatte seine neue Arbeitsstelle im Krankenhaus begonnen, die ihn sehr forderte, und auch Aliya musste sich in der neuen Umgebung zurechtfinden und die vielen Eindrücke verarbeiten. Doch trotz all dieser Veränderungen wollte sie unbedingt mehr über Isa erfahren, über seine Kindheit, seine Schulzeit und seine Familie. Isa erzählte bereitwillig, und auch für ihn war es fesselnd, mehr über Aliya zu erfahren. Ihre Gespräche waren intensiv und bereichernd.

Alles könnte perfekt sein, dachte Aliya oft, aber etwas sträubte sich in ihr, Isa tiefer in ihr Herz zu lassen, und sie wusste sehr genau, was es war.

In all den Wochen, in denen sie nun zusammen in London lebten, hatte sie Isa noch nie beten sehen. Seit ihrem Gespräch in der Küche am ersten Morgen nach der Ankunft hatte sie dieses Thema nie wieder angesprochen. Isa erfüllte ihr jeden Wunsch. Sie durfte alleine ausgehen, Tee trinken mit Amara, Reza in seinem Geschäft besuchen, er las ihr praktisch jeden Wunsch von den Augen ab, aber er teilte ihren Glauben nicht, obwohl er ihn respektierte. Aliya gefiel seine Haltung gegenüber den Regeln des Korans nicht und sie merkte, wie der Schatten, der sich über ihr Herz legte, immer dunkler wurde und Isa ihn kaum noch durchdringen konnte.

Endlich war der ersehnte Freitag gekommen. Doch kurz bevor sie losgehen wollten, kam ein Anruf aus dem Krankenhaus. Ein Kollege von Isa war erkrankt und er musste einspringen. Sie würde also alleine zum Freitagsgebet gehen. Wenn sie ehrlich war, war sie erleichtert, dass Isa nicht mit ihr zusammen zum Freitagsgebet ging.

Als sie an diesem Vormittag aus dem Haus trat, hingen dunkle Wolken schwer über London. Sie waren so tief und schwarz, dass Aliya für einen Moment das Gefühl hatte, sie könne sie mit den Fingerspitzen berühren, wenn sie sich nur weit genug streckte. Der Herbst hatte die Stadt voll im Griff und der Wind zerrte an ihrem Mantel, als wollte er sie zur Umkehr bewegen. Aliya zog ihren Schal fester um ihren Hals und machte sich auf den Weg. Die Straßen glänzten vom Regen der vergangenen Nacht und die ersten Herbststürme fegten durch die Gassen. Blätter wirbelten durch die Luft und es begann zu regnen. Ihren Regenschirm traute sich Aliya nicht aufzuspannen, aus Angst, dass der Wind ihn ihr aus der Hand riss. Es war Ende Oktober und die Temperaturen waren bereits empfindlich kalt.

Zehn Minuten später kam sie an der Moschee an. Bereits aus der Ferne konnte sie Latifa sehen, die geduldig vor dem Eingangstor auf sie wartete.

Als Latifa sie bemerkte, huschte ein Lächeln über ihr Gesicht und sie hob die Hand, um ihr zuzuwinken.

„Hallo Aliya, guten Morgen! Schön, dich wiederzusehen", begrüßte sie Aliya herzlich.

Aliya erwiderte das Lächeln und winkte freudig zurück. „Guten Morgen, Latifa! Ich freue mich auch sehr!"

Gemeinsam betraten sie die Moschee und Aliya empfand sofort eine Verbundenheit. Ihr Blick wanderte durch den Gebetsraum, wo sie die drei Frauen sah, die sie schon letzte Woche bemerkt hatte und die mit Latifa befreundet waren. Die Frauen erwiderten ihren Blick und nickten sowohl Latifa als auch Aliya zu.

In den nächsten Wochen wurden die Freitage für Aliya zu ihrem Lebensinhalt. Täglich ging sie einkaufen, lernte Englisch, gelegentlich kehrte sie bei Reza und Amara zu einem Tee ein und einmal im Monat kamen Reza und Amara zum Essen. Aliya liebte es, für ihren Besuch Essen aus ihrer Heimat zu kochen und langsam baute sich eine Freundschaft zwischen den beiden Paaren auf. Amara wurde für Aliya eine mütterliche Freundin. Der Höhepunkt der Woche bildete aber der Besuch in der Moschee mit Latifa zum Freitagsgebet.

So auch an einem kalten Wintertag im Dezember. Aliya erwachte schon früh von dem Geräusch des Schneeschiebens der Nachbarn. Das kratzende Schaben auf dem Gehweg zog sich in gleichmäßigen Abständen durch die morgendliche Stille bis hoch zu ihrer Wohnung. Isa war bereits aufgestanden und sie hörte aus dem Badezimmer das leise Rauschen der Dusche. Sie sprang aus dem Bett und lief zum Fenster. Begeistert klatschte sie in die Hände. Die Stadt hatte sich über Nacht in eine traumhafte Winterlandschaft verwandelt. Der Schnee, angestrahlt durch die Straßenlaternen, glitzerte hell.

Aliya zog sich ihren Morgenmantel an und eilte in die Küche, um das Frühstück zuzubereiten. Ein leckerer Duft von Kaffee und Rührei zog durch den Raum, als Isa in die Küche kam.

„Oh, das duftet aber lecker." Er lächelte Aliya zu.

„Heute wird es spät werden. Es sind viele Kollegen krank und ich werde an meine Schicht noch eine halbe Schicht anhängen müssen. Gehst du später in die Moschee?"

„Ja, natürlich, und danach gehe ich zu Amara und Reza. Sie haben mich zum Essen eingeladen, nachdem ich ihnen letzte Woche erzählt habe, dass du bis abends arbeitest."

„Das ist schön. Dann sehen wir uns heute Abend."

Isa stand auf, küsste Aliya auf die Stirn und verließ die Wohnung.

Nachdem Aliya die Küche aufgeräumt hatte, ging sie duschen und bereitete das Abendessen vor. Sie wusste nicht, wie lange sie bei Reza und Amara bleiben würden. Manchmal vergaß sie die Zeit, da sie so sehr im

Gespräch vertieft waren. Darum wollte sie vorbereitet sein, damit sie später nicht so hetzen musste.

Nachdem sie alle Vorbereitungen abgeschlossen hatte, zog sie sich ihren dicken Mantel an, band ihren Schal um und nahm die Handschuhe mit. Anschließend begab sie sich auf den Weg zur Moschee.

Die Hauptstraße war bereits gut vom Schnee befreit, auch wenn es noch immer stark schneite, schmolz der Schnee sofort, wenn er auf die mit Salz bestreuten Straße fiel. An den Seitenrändern der Fußwege türmte sich der Schnee hoch auf. Aliya ging schnellen Schrittes durch die Straßen, sie wollte Latifa nicht warten lassen. Durch den starken Schneefall kam sie langsamer voran als gewöhnlich, und die Nebenstraßen waren nicht geräumt.

„Hallo, Aliya, warte!“

Aliya drehte sich um und sah Latifa, die mit eiligen Schritten auf sie zukam. Ihr Schal war verrutscht und ihre Wangen waren von der kalten Morgenluft gerötet. Sie war außer Atem, als wäre sie gerannt, um sie noch rechtzeitig zu erreichen.

„Guten Morgen, Latifa." Aliya musste lachen, als Latifa wie ein Schneemann auf sie zukam. Ihr Mantel war über und über mit Schnee bedeckt, und auf ihrem Hijab türmte sich ein kleiner Schneeberg.

Latifa schüttelte sich, als sie vor Aliya zum Stehen kam und musste ebenfalls lachen.

„Komm, lass uns gehen, dann schaffen wir es noch rechtzeitig."

In der Moschee war es schön warm und während des Gebetes merkte Aliya, wie ihre kribbelnden Finger langsam wieder auftauten.

Wie jeden Freitag standen die drei Frauen vor der Moschee und unterhielten sich, als Aliya und Latifa herauskamen. Aber dieses Mal ging Latifa nicht vorbei an den Frauen, sondern zog Aliya leicht am Arm zu der kleinen Gruppe hin.

„Ich möchte euch gerne jemanden vorstellen."

Die drei Frauen hoben neugierig den Blick und betrachteten Aliya einen Moment lang schweigend. Sie schienen sich mit Blicken zu verständigen, als ob sie ihre Gedanken über Aliya austauschen wollten.

„Das ist Aliya.", fuhr Latifa fort.

„Sie ist erst seit ein paar Wochen in London und hat nun zu uns gefunden."

Wieder wechselten die Frauen Blicke untereinander. Ihre Zurückhaltung war spürbar, und Aliya merkte, dass sie ihr mit einer gewissen Skepsis begegneten.

Doch dann, nach einem kurzen Moment des Zögerns, kam die älteste der drei Frauen auf sie zu und begrüßte sie.

„Willkommen, Aliya", sagte sie schließlich.

Aliya erwiderte die Begrüßung höflich und schenkte ihr ein zaghaftes Lächeln. Latifa übernahm das Gespräch und begann, die Frauen vorzustellen.

„Das ist Hanna", sagte sie und deutete auf die älteste der drei Frauen, die Aliya gerade freundlich empfangen hatte. Dann wandte sie sich an die Frau mittleren Alters. „Und das ist Farah." Schließlich zeigte sie auf die dritte Frau. „Und das ist Yara."

Die drei Frauen lächelten Aliya nun herzlich an, ihre anfängliche Zurückhaltung war ein wenig verflogen.

„Ich möchte Aliya heute Abend mit zu unserem Treffen nehmen", erklärte Latifa. „Ihr habt doch nichts dagegen?"

Latifa stellte dies zwar als Frage, aber die Art, wie sie es sagte, duldete keinen Widerspruch.

Die Frauen tauschten erneut Blicke und nickten dann stumm.

„Dann bis später", sagte Latifa und zog die überraschte Aliya sanft mit sich weg von der kleinen Gruppe.

Aliya blickte ihre neue Freundin fragend an. „Was für ein Treffen?", fragte sie irritiert.

Latifa lächelte geheimnisvoll.

„Wir treffen uns jeden Freitagabend, nur unter Frauen. Es ist ein ganz ungezwungener Austausch."

„Und worüber sprecht ihr?", wollte Aliya wissen.

„Über unseren Glauben", erklärte Latifa. „Wir lesen gemeinsam aus dem Koran, teilen unsere Gedanken und Erfahrungen und sprechen über alles, was uns beschäftigt." Sie hielt inne und musterte Aliya neugierig. „Ich hoffe, du hast Lust dazu?"

„Ich würde gerne kommen.", Aliya war geschmeichelt über die Einladung.

„Gut, dann treffen wir uns heute Abend um sechs Uhr vor der Moschee und gehen dann zusammen. Ist das gut für dich?"

„Ja, gut, ich komme."

Ehe Aliya noch etwas erwidern konnte, verabschiedete sich Latifa mit einem schnellen „Wir sehen uns später!", und wandte sich zum Gehen.

Aliya verharrte kurz und beobachtete, wie ihre Freundin eilig in entgegengesetzter Richtung die Straße entlanglief, die sie selbst nehmen musste. Ein leichter Wind wirbelte den Schal von Latifa auf, während sie zwischen den Passanten verschwand.

Aliya blieb nachdenklich zurück. Das Treffen am Abend klang sehr interessant und sie war geschmeichelt, dass Latifa sie dazu eingeladen hatte, doch sie war sich nicht sicher, was sie erwarten würde.

Beschwingt machte sie sich auf den Weg zu Rezas Geschäft. Unterwegs legte sie noch einen Stopp in dem kleinen Gemüseladen an der Ecke der Praed Street ein, um frisches Obst und Gemüse für das bevorstehende Wochenende zu besorgen. Reza und Amara würden am Sonnabend gegen Abend zum Essen kommen. Das Fleisch dazu, ein wunderschönes Stück zartes Lamm, hatte sie schon gestern gekauft. Frisches Brot würde sie wie immer selber backen.

Gegen frühen Nachmittag rief Isa aus der Klinik an, um ihr mitzuteilen, dass er erst spätabends zurück sein werde. Aliya erzählte ihm von der Einladung zum Treffen mit den Frauen und er freute sich für sie. Pünktlich stand Aliya am Abend vor der Moschee und wartete auf Latifa. Der Wind pfiff eisig um die Ecke und sie zog sich den Kragen ihres Mantels bis über das Kinn hoch. Auf der Straße vor der Moschee herrschte ein geschäftiges Treiben. Viele machten ihre letzten Einkäufe und wollten dann schnell nachhause, um das Wochenende einzuläuten. Für die Nacht war starker Frost vorhergesagt, dafür sollte es aber aufhören zu schneien. Aliya zog sich ihre Mütze noch tiefer ins Gesicht, als sie sah, dass sich eine Person aus der Menge der Passanten löste und auf sie zukam, es war Latifa.

„Hallo Aliya. Es tut mir leid, dass ich mich verspätet habe. Mein kleiner Sohn konnte sich heute so gar nicht von mir trennen", sie lachte und hakte sich bei Aliya ein.

„Komm, lass uns gehen, es ist nicht weit von hier."

Gemeinsam gingen Latifa und Aliya durch die düsteren schmalen Straßen Londons, deren Laternen den Schnee auf den Pflastersteinen zum Glitzern brachten. Vorbei an der Moschee, abseits der Hauptstraße. Die Gassen wurden immer enger und verwinkelter, wie ein Labyrinth, bis Latifa schließlich vor einem kleinen unscheinbaren Haus stehen blieb.

„So, hier ist es schon."

Latifa hob den Arm und klopfte dreimal an die alte Holztür, und nach einer kleinen Pause wiederholte sie das Procedere, als wäre das Klopfen ein geheimes Zeichen.

Die Tür öffnete sich langsam und Farah trat in den schwachen Lichtschein. Wortlos ging sie einen Schritt zur Seite, um Latifa und Aliya einzulassen.

„Kommt rein", sagte sie leise, beinahe flüsternd.

Ihr Blick wanderte kurz die Straße entlang, zuerst nach rechts, dann nach links, als würde sie sicherstellen wollen, dass ihnen niemand gefolgt war. Anschließend schloss sie die Tür.

„Kommt", wiederholte sie dann mit fester Stimme und einem kaum wahrnehmbaren Lächeln.

„Die anderen sind schon da."

Latifa zog Aliya in einen kleinen Raum, der am Ende des schmalen Flures lag. In der Mitte des Raumes saßen Yara und Hanna, eingehüllt in warmes Licht, das von einer kleinen Lampe in der Ecke des Raumes ausging. Neben ihnen saßen noch zwei Frauen, deren Gesichter Aliya fremd waren. Sie schauten neugierig zu ihr.

„Das ist Eleen“, sagte Farah mit Blick auf die Frau, die neben Yara saß. Aliya nickte ihr zu.

„Neben ihr sitzt ihre Schwester Maha. Und dies ist Aliya, sie ist die Freundin von Latifa, von der ich euch bereits erzählt habe.“

Die Frauen hatten es sich mit weichen Kissen rund um einen niedrigen Tisch bequem gemacht. Vor jeder stand eine dampfende Tasse Tee. Auf kleinen, kunstvoll verzierten Tellern lagen Süßigkeiten – in Sirup getränkte Baklava, Datteln, mit Mandeln gefüllt, feines Gebäck mit Sesam und Rosenwasser.

„Nehmt euch jeder ein Kissen und setzt euch zu uns.“ Die Atmosphäre war ruhig und vertraut. Aliya und Latifa nahmen sich jeder ein Kissen von einem Stapel in der Ecke und setzten sich zu den anderen Frauen, die alle ein wenig zusammengerückt waren. Eleen stellte zwei Teetassen vor Latifa und Aliya hin und füllte diese mit dem köstlich duftenden Tee.

„Bedient euch“, sagte sie und zeigte auf den Teller mit den Süßigkeiten. „Das habe ich heute alles selber gebacken.“

Aliya fühlte sich sofort willkommen in der Runde, obwohl ihr alle Frauen bis auf Latifa fremd waren. Sie nahm sich ein Stück Baklava und nippte am heißen Tee. Das Lachen der Frauen und die vertrauten Gespräche über ihre Familien ließen die Anspannung von ihr fallen und auch sie erzählte offen über sich.

Nach einer Weile wechselte die Stimmung. Hanna schlug ein Buch auf, dessen goldene Schrift im Licht schimmerte – der Koran. Mit sanfter Stimme begann sie, einen Vers zu rezitieren. Die anderen Frauen hörten aufmerksam zu, nickten, ließen die Worte in sich nachklingen. Dann begann eine lebende Diskussion über das gerade Gehörte. Aliya lauschte gebannt.

Hanna beugte sich leicht vor, ihre Stimme wurde eindringlicher, als sie begann, die Worte aus dem rezitierten Koranvers in den Kontext des Lebens in London zu setzen. Sie sprach über die Kälte in den Blicken der Menschen, über die Leere, die sie in diesen Menschen verspürte und wie sehr sich dieses alles von dem Unterschied, was sie als wahre Gemeinschaft und Glauben empfand. Immer wieder fiel das Wort *Ungläubige* mit Nachdruck. Ihre Worte waren durchdringlich, voller Überzeugung, beinahe wie eine Anklage gegen eine Gesellschaft, die ihrer Meinung nach geistig entwurzelt war.

Latifa, die neben Aliya saß, warf ihr verstohlene Blicke zu, so als wollte sie herausfinden, wie diese auf Hannas Worte reagierte. Doch Aliya saß still, ihre Miene ruhig, beinahe gelassen. Sie sagte nichts, beteiligte sich nicht an der Diskussion, aber Latifa bemerkte das leichte Leuchten in Aliyas Augen, eine stille Zustimmung, ein inneres Nicken.

Denn Hanna Aussage entsprach exakt Aliyas Gedanken. Genau diese Gedanken hatten sie belastet, seit sie erfuhr, dass sie mit Isa nach London ziehen würde, um dort zu leben. In diesem Moment fühlte sie sich verstanden, als hätte Hanna endlich die Worte ausgesprochen, die schon lange in ihr brodelten.

Als Aliya nach diesem Treffen nach Hause ging, wirkte sie ruhig und entspannt. Innerlich aber brodelte es in ihr. Sie fühlte sich zu Hause und verstanden. Endlich gab es Menschen in ihrer Nähe, die genauso dachten wie sie. Sie freute sich, in ihre Wohnung zurückzukommen. Sie freute sich auf Isa, aber sie würde ihm nicht von dem erzählen, was auf dem Treffen besprochen wurde. Er würde es nicht verstehen, denn er war wie sie. Seine Religion war für ihn nicht wichtig, nicht mehr. Er lebte ein Leben, wie sie es taten, ein Leben ausgerichtet auf Konsum und Macht, keine Zeit mehr, sich dem Gebet und anderen Pflichten des Korans zu widmen.

Das Treffen hatte ihr die Augen geöffnet und bestätigt, was sie schon lange wusste. Sie war auf dem richtigen Weg. Ihre Überzeugungen waren nicht naiv oder überholt – sie waren wahr, beständig und kraftvoll. In den Gesichtern der anderen hatte sie sich selbst erkannt. Ihre Worte, ihre Gedanken, ihre Gebete – sie alle waren wie ein Echo und Antwort auf das, was Aliya selbst empfand. Sie hielt fest an ihrem Glauben, nicht aus Gewohnheit, sondern aus Überzeugung. Der Koran war für sie nicht nur ein Buch, sondern eine Quelle der Wahrheit, ein Licht, das sie durch den Nebel der westlichen Welt führte.

Isa dagegen … er hatte sich entfernt. Nicht aus Bosheit, nicht einmal bewusst. Die Welt, in der er schon seit Jahren lebte, hatte ihn eingesogen, mit ihrem Lärm, ihrem Tempo, ihrem ständigen Drängen nach mehr. Mehr Arbeit. Mehr Geld. Mehr Erfolg. Als Arzt tat er Gutes, zweifellos, heilte die Menschen, rettete Menschenleben, aber nichts wog schwerer, als die eigene Religion zu vernachlässigen. Aliya sah dies mit großer Sorge. Er betete kaum noch, er sprach nicht mehr über Allah. Der Koran stand zwar in seinem Büro im Regal, aber blieb unberührt. Sie würde versuchen, ihn zurückzuführen, mit Geduld aber bestimmt, denn nur so könnte sie ihn retten und ihr Herz wieder für ihn öffnen.

Als Aliya in die Praed Street einbog, sah sie Licht in ihrer Wohnung. Es kam aus der Küche und strahlte eine wohlige Gemütlichkeit aus. Sie beschleunigte ihre Schritte und schaute auf die Uhr ihres Handys. Es war bereits kurz nach neun. Das Treffen hatte länger gedauert, als sie geplant hatte. Die anderen waren noch geblieben, als sie sich entschloss aufzubrechen. Sie wollte vor Isa zu Hause sein und ihm das Essen bereiten. Er war sicherlich erschöpft nach einem Arbeitstag mit Doppelschicht.

Leise schloss sie die Tür zu ihrer Wohnung auf, hängte ihren nassen Mantel, die Handschuhe und den Schal über die Heizung im Flur und ging zur Küche. Als sie diese betrat, hellte sich Isas Gesicht auf.

„Aliya, da bist du ja. Du kommst genau zur richtigen Zeit", er deutete auf den Tisch, den er bereits gedeckt hatte und auf dem schon das Essen stand.

„Ich weiß, du hast schon gegessen, aber ich dachte, du hast bestimmt noch Hunger, wenn du so spät nachhause kommst."

„Das habe ich tatsächlich. Es tut mir leid, dass ich so spät komme, aber wir hatten einen wunderschönen Abend.“

„Setzt dich, ich bin schon ganz gespannt, was du zu erzählen hast.“

Aliya füllte das Essen für Isa und sich auf die Teller. Ein köstlicher Duft hing in der Luft, während draußen eine sternenklare, klirrend kalte Nacht über die Stadt einbrach.

Für einen Moment war nur das leise Klirren des Bestecks zu hören.

„Und? Wie war das Treffen?“

Aliya zögerte kurz, dann nickte sie leicht.

„Es war … gut. Wirklich gut. Ich habe einige Freundinnen von Latifa kennengelernt, mit denen ich mich sofort gut verstanden habe. Wir haben über den Koran gesprochen und über unser Leben hier.“

Isa kaute langsam, hörte aufmerksam zu.

„Das klingt schön. Es tut dir gut, oder?“

Aliya lächelte sanft.

„Ja. Es fühlt sich an wie … nach Hause kommen.“

Sie verschwieg die andere Seite des Treffens. Sie erwähnte nicht, wie hitzig die Diskussion an manchen Stellen geworden war, wie harsche Worte über den Westen und die Ungläubigen geäußert worden waren. Aliya wollte nicht, dass Isa davon wusste – nicht, weil sie sich schämte, sondern weil sie wusste, dass er es nicht verstehen würde. Noch nicht.

Isa lehnte sich zurück.

„Ich freue mich für dich, wirklich. Es ist gut, dass du beginnst dich auf das Leben hier einzulassen und neue Freunde gefunden hast. Ich habe gemerkt, dass es nicht leicht für dich hier ist und du deine Familie sehr vermisst."

Gefährliches Spiel

In den folgenden Wochen traf sich Aliya regelmäßig jeden Freitag mit den Frauen. Die Zusammenkünfte fanden stets am selben Ort, in Farahs Haus, statt. Farahs Ehemann war seit einigen Monaten außerhalb von London beruflich tätig. Er arbeitete als Informatiker für ein angesehenes Unternehmen und wohnte während der Arbeitswoche in einer vom Unternehmen bereitgestellten kleinen Wohnung. Lediglich an den Wochenenden hielt er sich in London auf.

Es war an einem Freitag, Anfang März, und zum ersten Mal seit Wochen lag ein Hauch von Frühling in der Luft. Die Sonnenstrahlen schoben sich durch die dünne Wolkendecke und schenkten der Stadt zögerlich ein wenig Wärme.

Nach dem Gebet verließen Aliya und Latifa die Moschee. Aliya zog sich ihren dicken Mantel aus.

„Puh, ist das heiß," sagte sie und fächelte sich mit der Hand ein wenig Luft zu.

Latifa lächelte nur und öffnete ebenfalls die Knöpfe ihres Wintermantels. Wortlos gingen sie ein paar Schritte und setzten sich auf eine Mauer vor der Moschee. Latifa beugte sich ein wenig vor, legte ihre Hand auf Aliyas Arm und sprach leise – fast flüsternd zu ihr.

„Heute Abend treffen wir uns nicht wie sonst. Es gibt eine kleine Änderung. Wir wollen uns schon früher, um vier Uhr in der Stadt treffen, am Piccadilly Circus. Wir werden Koranverse verteilen, an die Menschen, die sich verirrt haben. Die verloren sind. Vielleicht können wir noch einige retten."

Aliya nickte langsam.

„Manche werden uns vielleicht auslachen oder auch beschimpfen. Aber lass dich davon nicht irritieren. Wenn nur einer von ihnen zuhört, dann ist das schon ein Erfolg und das reicht."

Am Nachmittag stand Aliya am Piccadilly Circus. Sie fühlte sich ein wenig verloren. Um sie herum herrschte ein geschäftiges Treiben, Menschen hasteten mit Einkaufstaschen vorbei, Kinder liefen lachend die Treppen zum Brunnen hoch und runter, und irgendwo spielte ein Straßenmusiker eine melancholische Melodie auf einer Geige.

Ihre Hände umklammerten einen kleinen Stapel ausgedruckter Koranverse, sauber ausgeschnitten, mit einem Zitat auf jeder Seite. Immer wieder wanderte ihr Blick über die vorbeigehenden Gesichter. Wer von ihnen würde sie anhören? Wer würde sie abweisen? Was, wenn sie jemand auslachte? Oder schlimmer – sie wütend anschrie? Unbewusst trat sie einen Schritt zurück, versteckte sich hinter einer Gruppe Touristen, die laut gestikulierend auf den Piccadilly Circus zeigten. Etwas abseits von Aliya stand Latifa. Aliya beobachtete sie, wie sie ohne Scheu auf die Menschen zuging und ihnen einen Zettel in die Hand drückte und etwas zu ihnen sagte. Aus dem Augenwinkel musste Latifa Aliyas Unentschlossenheit gemerkt haben, denn sie lächelte ihr aufmunternd zu.

Endlich nahm Aliya all ihren Mut zusammen und ging auf eine Frau mittleren Alters zu, die am Rande des Gehwegs stand und gerade in ihrer Tasche kramte. Aliya räusperte sich leise, ihre Stimme fast ein Flüstern.

„Entschuldigen sie, darf ich ihnen einen Vers aus dem Koran überreichen? Er ist besonders schön."

Die Frau blickte auf. Ihre Augen waren hell, aber müde, eingerahmt von feinen Linien. Für einen Moment trafen sich ihre Blicke, dann senkte die Frau den Blick, schüttelte stumm den Kopf und wandte sich wieder ihrer Tasche zu. Aliya zog die Hand zurück und ging ein paar Schritte von ihr weg.

Sie wollte sich nicht entmutigen lassen und sprach gleich die nächste Frau an, die ihr entgegenkam. Diese nahm kommentarlos den ihr hin gereichten Koranvers und ging weiter. Langsam wich die Anspannung aus Aliya und sie ging nun ohne Furcht weiter.

„Darf ich ihnen einen schönen Vers aus dem Koran schenken?", fragte sie freundlich einen älteren Herrn mit Hut, der stehen geblieben war, um eine Taube zu beobachten. Er lächelte überrascht, nahm das Papier entgegen und bedankte sich mit einem kleinen Nicken. Eine junge Frau in Sportkleidung lächelte höflich, schüttelte den Kopf und sagte „Nein, danke" – und lief weiter. Ein Jugendlicher mit Kopfhörern zog diese nur kurz heraus, blickte Aliya an, las die Worte und steckte den Vers dann schweigend in seine Jackentasche.

„Darf ich ihnen…?", begann sie erneut, hob den Blick und schaute in zwei Augen, die sie kannte. Es war Reza.

„Aliya!", sagte er und runzelte die Stirn leicht. „Was machst du denn hier?"

Aliya senkte den Blick, spürte, wie ihr die Röte ins Gesicht stieg. Sie räusperte sich, suchte nach Worten.

„Ich … ich verteile Koranverse", sagte sie mit leiser Stimme.

„Warum machst du das? Weiß Isa davon?"

„Nein“, antwortete Aliya schnell, fast zu schnell.

„Und er soll es auch nicht wissen. Es ist eine Aktion mit unserer Frauengruppe aus der Moschee. Bitte erzähle es ihm nicht.“

Sie hielt ihm zögerlich ein Blatt hin.

„Möchtest du auch einen?“

Reza sah nicht auf das Papier. Sein Blick blieb auf Aliya haften – fragend, prüfend. Dann schüttelte er langsam den Kopf.

„Du musst vorsichtig sein mit dem, was du tust, Aliya. Wir sind hier nicht im Irak. Du könntest mal an den falschen gelangen, der nicht freundlich ablehnt.“

Aliya nickte langsam, sah kurz auf die Zettel und dann wieder zu Reza. Ihre Augen wurden hart.

„Ja ich weiß. Aber ich will es trotzdem tun.“

Reza schwieg. Einige Augenblicke lang herrschte Stille zwischen ihnen, bevor er seine Hände in die Tasche steckte.

„Pass auf dich auf, Aliya“, sagte er schließlich, wandte sich ab und ging weiter. Aliya schaute ihm nach. Sie drehte sich um und suchte in der Menge nach den anderen. Sie sah Latifa und Farah, die zusammen mit einem Mann standen und auf ihn einredeten. Dann schlug der Mann mit seiner Hand nach dem Papier, welches Latifa ihm hinhielt, und ging laut schimpfend weg. Aliya ging zu beiden.

„Ist was passiert?", fragte sie ängstlich.

„Nein, alles ist gut. Das war nur eine verlorene Seele, aber er wird Allahs Zorn bald spüren." Latifa kniff verbittert ihre Lippen zusammen.

„Kommt, wir machen Schluss für heute. Lasst uns die anderen suchen und gehen."

Eine Woche später waren Aliya und Isa bei Reza und Amara zum Abendessen eingeladen. Den ganzen Tag über hatte Aliya ein ungutes Gefühl im Magen, nicht wegen des Essens oder Amara, sondern wegen Reza. Isa bemerkte ihre Unruhe, noch bevor sie das Haus verließen.

„Alles in Ordnung?", fragte er, während er sich den Schal umlegte.

Aliya zwang sich zu einem Lächeln.

„Ja, nur ein wenig müde."

Doch in Wahrheit war sie angespannt. In ihrem Kopf kreisten die Gedanken. Was, wenn Reza mit Amara darüber gesprochen hatte? Was, wenn es im Laufe des Abends zur Sprache kam, dass sie sich vor dem Piccadilly Circus getroffen hatten? Reza war sichtlich nicht begeistert darüber gewesen, dass Aliya Koranverse auf der Straße verteilte.

Als sie an der Tür des Hauses von Amara und Reza klingelten, öffnete Amara mit einem breiten Lächeln. Der Duft von Safran und gebratenem Gemüse hing in der Luft, warm und einladend. Das Haus war wie üblich ordentlich und geschmackvoll eingerichtet, mit kleinen Lampen in jeder Fensternische und Duftstäbchen auf der Anrichte. Alles strahlte Harmonie aus, genauso wie ihre Beziehung. Nur Aliya fühlte sich heute als Störung dieser Harmonie.

Reza begrüßte sie freundlich, höflich, wie immer – fast zu freundlich, dachte Aliya flüchtig. Kein Wort über den Nachmittag am Piccadilly Circus. Kein fragender Blick, keine Andeutung. Gar nichts.

Aliyas Anspannung löste sich langsam.

Beim Essen unterhielten sich die Männer über Fußball, während Amara sie nach ihren Fortschritten im Englischunterricht fragte.

Es wurde ein rundum gelungener Abend und Aliya hakte sich beschwingt vor Erleichterung bei Isa unter, als sie gegen Mitternacht nachhause gingen.

Die Wochen flogen dahin, fast unmerklich, und mit ihnen wuchs in Aliya ein Gefühl stiller Zufriedenheit. Die kleine Gruppe von Frauen traf sich regelmäßig – mal am Bahnhof, mal vor der Universität, mal im Park nahe der Themse. Ihre Aktionen waren unauffällig und erregten keine nennenswerte Aufmerksamkeit. Ihre Treffen an den Abenden am Freitag waren ruhig, vertraut. Oft begannen sie mit Tee, mit Gesprächen über das Leben, über den Glauben, die Familie, manchmal auch über Sorgen.

Doch an einem Abend bei Farah war etwas anders. Es war Spätsommer und die Abende wurden wieder dunkler. Der Himmel war leicht wolkig und die Fenster warfen langgezogene Schatten ins Wohnzimmer. Farah hatte Tee mit Kardamom aufgekocht. Das ganze Haus roch nach Minze und frisch gebackenem Brot. Die Frauen saßen auf Kissen und unterhielten sich, bis Latifa das Wort ergriff. Sie war die heimliche Anführerin in der Runde, scharf in ihren Formulierungen, oft diejenige, die Diskussionen anstieß. An diesem Tag jedoch war ihre Stimme leiser, kontrollierter, was sie umso eindringlicher machte.

„Schwestern", begann sie, „es ist schön, was wir tun. Es ist gut gemeint. Aber … es ist nicht genug."

Die anderen sahen sie an. Aliya spürte, wie sich etwas in ihrem Bauch zusammenzog. Sie kannte diesen Tonfall in Latifas Stimme – sachlich, fast kühl. Und doch war da etwas Neues in ihrem Tonfall. Entschlossenheit. Vielleicht sogar Härte.

„Koranverse zu verteilen, ist nicht effizient genug“, fuhr Latifa fort.

„Sie lesen sie kaum. Viele werfen sie weg, bevor sie auch nur ein Wort gelesen haben, nehmen sie nur aus Höflichkeit an. Worte reichen nicht mehr.“

Eine Pause entstand. Dann, mit einem Blick in die Runde, sagte sie: „Es gibt einen neuen Plan. Ich habe lange darüber nachgedacht und ich glaube, Allah hat mir Klarheit gegeben.“

Die Luft im Raum wurde dichter.

„Wir werden ihnen – im Namen Allahs – eine kleine Lektion erteilen.“

Es war, als würde ein dunkler Schleier über die Runde fallen. Einige blickten zu Boden, andere nickten kaum merklich. Farah blieb regungslos und rührte langsam mit dem Teelöffel in der Tasse in ihrer Hand.

Nur Aliya saß wie eingefroren. Eine Lektion? Was meinte Latifa damit?

Etwas in ihr wollte sofort widersprechen – aber sie sagte nichts, blieb ganz ruhig und hörte zu, wie Latifa weitersprach.

„Ich habe Anweisungen von ganz oben bekommen.“

„Wer sind die *ganz oben*?“, fragte Yara.

„Das ist nicht wichtig“, antwortete Latifa.

„Wichtig ist nur, dass wir dasselbe Ziel haben. Die Ungläubigen müssen bekehrt werden oder vernichtet.“

Aliya zuckte zusammen, ließ sich aber nichts anmerken.

„Wie ist der neue Plan“, Farah saß nun aufrecht und man merkte ihr ihre Aufregung an.

„Wie geht es weiter?“, fragte jetzt auch Eleen.

Die Anspannung, die zwischen den Frauen war, war spürbar und kurz vor dem Explodieren.

„Wir lassen eine kleine Bombe hochgehen“, sagte Latifa plötzlich, mit einem fast triumphierenden Ausdruck im Gesicht, als wäre es das Natürlichste der Welt.

Einen Moment lang war es, als würde die Zeit einfrieren. Die Worte hallten surreal in Aliyas Kopf wider.

Sie bemerkte, wie ihr Herzschlag schneller wurde und sie die Teetasse krampfhaft umklammerte.

„Was?", flüsterte sie. Dann lauter: „Nein. Nein, Latifa. Das … das können wir nicht tun."

Latifa aber ließ sich nicht beirren. Ruhig, aber bestimmt antwortete sie: „Aliya, du musst keine Angst haben. Es wird niemand verletzt. Ich verspreche es."

Aber Aliya erhob sich jetzt. Ihre Stimme zitterte, aber sie war klar: „Der Islam ist eine friedliche Religion. Die Ungläubigen müssen bekehrt werden, das stimmt, aber wir dürfen keine Menschen verletzen, nicht einmal in Gefahr bringen. Das ist nicht unsere Aufgabe und das darf auch nicht unser Weg sein, Latifa."

Latifa blieb ruhig. Sie hob beschwichtigend die Hand, als wollte sie die aufkommende Aufregung glätten.

„Niemand wird verletzt. Hört mir zu. Ich erzähle euch jetzt den Plan."

Die anderen Frauen schwiegen. Einige sahen betreten zu Boden, andere blickten mit einer Mischung aus Unsicherheit und heimlicher Spannung zu Latifa.

„Nächsten Sonntag", begann sie, „beim großen Gottesdienst in der St. Paul's Kathedrale. Ihr wisst, wie voll es dort sein wird. Hunderte Ungläubige werden zum Sonntagsgebet kommen. Wenn alle drinnen sind, alle, Aliya, niemand draußen – dann wird eine winzig kleine Bombe im Mülleimer vor der Kirche zünden. Keine Splitter. Kein Feuer. Nur ein lauter Knall. Ein Schock. Mehr nicht."

Sie sah in die Runde, erwartete die Zustimmung der Frauen.

„Die Botschaft wird gehört werden. Die Menschen werden zuhören – endlich. Was sagt ihr?"

„Ja, das ist gut, Latifa", Maha und Eleen waren die Ersten, die aus ihrer Schockstarre erwachten.

„Genauso machen wir das", auch die anderen waren voller Zustimmung.

„Woher bekommen wir die Bombe?", wollte Hanna wissen.

„Keine Sorge. Die Bombe wird pünktlich da sein", lachte Latifa beschwichtigend.

„Wer wird sie dort vor der Kirche platzieren?", fragte Aliya, in der jetzt auch langsam wieder Leben kam.

„Das wird noch entschieden. Nicht von mir. Der Befehl wird von ganz oben kommen. Sie kennen euch alle, wissen alles über euch", sie lachte laut.

Als Aliya an diesem Abend nach Hause ging, rasten ihre Gedanken. Ihre Schritte waren hastig, mechanisch. Sie achtete weder auf das Dröhnen der Autos noch auf das Gewirr der Stimmen um sie herum. Kein Blick nach rechts, keiner nach links. Nur geradeaus – so, als könnte sie dem Lärm in ihrem Kopf auf diese Weise entgehen. Die Straßen von London wirkten fremd an diesem Abend – gleichgültig. Es war windstill, doch in ihr tobte ein Sturm. Latifas Stimme, ruhig und bestimmt. Die anderen Frauen, wie sie schwiegen – aber nicht widersprachen.

Was, wenn Latifa recht hatte? Was, wenn das, was sie bisher getan hatten, wirklich nicht ausreichte? Immer wieder waren ihre Verse zurückgewiesen worden. Mit einem Lächeln. Mit Gleichgültigkeit. Mit offener Verachtung.

Je näher sie der Wohnung kam, desto klarer formte sich ein anderer Gedanke. Ein Gedanke, der sie erschreckte und zugleich mit einer gefährlichen Wärme erfüllte.

Ja, flüsterte etwas in ihr. Vielleicht ist das der richtige Weg. Vielleicht ist das notwendig. Nur einmal. Nur, damit sie aufwachen. Damit sie uns nicht mehr übersehen. Damit sie verstehen, dass wir da sind.

Die leise Wut, die so lange in ihr geschlafen hatte, verwandelte sich in etwas Anderes. In einer dunklen Entschlossenheit. Sie hören sonst nicht. Sie sehen uns nicht. Sie werfen den Koran weg, als wäre er Müll. Sie verachten unsere Worte, unser Leben, unseren Glauben.

Und plötzlich schien ihr Latifas Plan nicht mehr wie Wahnsinn – sondern Notwendigkeit. Wie eine letzte Möglichkeit. Aliya schloss die Wohnungstür hinter sich. Das Licht im Flur war gedämpft. Vom Wohnzimmer her hörte sie die leise Stimme von Isa. Er telefonierte mit seiner Mutter in Mossul., das hörte sie am Tonfall seiner Worte.

In Aliya aber war alles in Bewegung. Etwas in Ihr - etwas, das ihr bis vor kurzem noch fremd gewesen war, begann Wurzeln zu schlagen.

Sie begab sich ins Wohnzimmer und gab Isa einen leichten Kuss auf die Stirn.

„Grüße deine Eltern von mir."

„Meine Eltern sind bei deiner Familie zu Besuch. Sie trinken Tee zusammen. Du kannst mit deiner Mutter sprechen", Isa hielt ihr das Handy hin und Aliya zog sich damit in ihr Zimmer zurück.

Das Gespräch mit ihrer Mutter hatte Aliya gutgetan. Sie hatte sich nach dem Telefonat auf dem Sofa mit einer Decke eingekuschelt. Draußen war es bereits stockdunkel und der Londoner Sommerregen trommelte leise gegen die Fensterscheibe und machte es noch gemütlicher. Sie dachte an Rais, ihren kleinen

Bruder, der mittlerweile bestimmt schon schlief und der jetzt, nach ihrem Umzug nach London, mit ihren Eltern ganz allein in dem Haus wohnte. Die Mutter hatte ein wenig traurig geklungen. Immer wieder beklagte sie sich über die Stille, die seit Aliyas Auszug im Haus herrschte. Ihr fehlte das Lachen ihrer Töchter, die vertrauten Gespräche beim Abwaschen, das gemeinsame Koranlesen, das Teetrinken am Nachmittag und das Beten, wenn sich die ganze Familie im Wohnzimmer versammelte.

Aliya hatte ihr versprochen, dass Isa und sie spätestens im nächsten Sommer zu Besuch kommen würden. Sie erzählte, dass sie Freundinnen gefunden hatte, mit denen sie sich regelmäßig traf, um Koranverse zu lesen, dass sie fleißig Englisch lernte und sie begann, sich in London wohlzufühlen. Ihre Mutter freute sich sehr darüber und ihre Stimmung hellte sich wieder auf.

Mit Spannung wartete Aliya auf das nächste Treffen bei Farah. Das erste Mal hatte sie Schwierigkeiten sich auf das Freitagsgebet zu konzentrieren. Immerzu musste sie an das Treffen am Abend denken. Was würde Latifa heute erzählen, wie würde es weitergehen?

Der Abend kam und die Frauen saßen wie üblich in der Runde und tranken Tee. Die Einzige, die fehlte, war Latifa. Sie hatte am Vormittag nach dem Moscheebesuch schon angekündigt, dass sie etwas später zum heutigen Treffen kommen würde.

Die Stille in dem Raum war beinahe unheimlich. Niemand sagte ein Wort. Man hörte nur das leise Knistern des Feuers im Kamin und das Schlucken, wenn die Frauen vorsichtig an ihrem Tee nippten. Alle warteten gespannt auf Latifa.

Endlich, als die Spannung fast unerträglich wurde, klingelte es an der Tür. Farah stand langsam auf und ging über den Flur, jeder Schritt hallte auf dem Holzboden wider.

Die Frauen blickten ihr nach, als könnten ihre Augen durch die Wände sehen. Sie wagten kaum zu atmen - aus Angst, den ersten Satz zu verpassen, den Latifa zu Farah sagen würde.

Eine unerträgliche Minute später kehrten Farah und Latifa zusammen ins Wohnzimmer zurück.

Latifa setzte sich zu den Frauen, schenkte sich eine Tasse Tee ein und biss in ein Stück Kuchen, während sechs Augenpaare auf sie gerichtet waren und darauf warteten, dass sie etwas sagte.

Erst als sie das letzte Stück Kuchen in ihren Mund geschoben hatte, hob sie ihren Kopf und blickte in die Runde. Dann sprach sie:

„Ich komme so spät, weil ich mich noch mit jemandem getroffen habe", sagte Latifa. Ihre Augen glitten über die erwartungsvollen Gesichter der Frauen.

„Man hat mir ein Päckchen übergeben. Für übermorgen."

Langsam öffnete sie ihre Tasche und holte ein kleines, fest verschnürtes Päckchen heraus – und ein Handy.

„Damit sollen wir das Päckchen zünden.“

Wieder ließ sie ihren Blick durch die Runde schweifen, suchend, prüfend.

„Und man hat mir gesagt, wer die ehrenvolle Aufgabe hat, diesen Auftrag auszuführen und das Päckchen vor der St. Paul's Kathedrale platzieren wird.“

Latifas Blick wanderte langsam durch die Runde. Eine nach der anderen sah sie die Frauen an, tief und durchdringlich, als wolle sie in ihre Gedanken eindringen. Dann blieb ihr Blick an Aliya hängen. Unbeweglich.

„Aliya“, sagte sie mit fester Stimme, „ich kann dir verkünden, dass du die Auserwählte bist. Du wurdest bestimmt, das Päckchen zu platzieren – diese Aufgabe zu übernehmen, die so wichtig ist. Für uns. Für unsere Religion.

Aliya zuckte zusammen, ihr stockte der Atem. Sie sollte es tun. Sie sollte diese Aufgabe übernehmen.

Ungläubig starrte sie Latifa an, dann wandte sie den Blick in die Runde. Die Frauen sahen sie an – mit offenen Mündern, wie erstarrt. Und dann, langsam, einer nach dem anderen, begannen sie zu nicken.

„Ja, Aliya", sagte Latifa erneut, fast beschwörend.

„Du wurdest auserwählt. Du wirst für unsere Sache kämpfen. Und ich werde dich begleiten."

Langsam kam Bewegung in die Gruppe. Stimmen erhoben sich, erst vereinzelnd, dann alle durcheinander – ein Wirrwarr aus Begeisterung und Zustimmung, dass Aliya der Kopf schwirrte.

Die Frauen standen auf, drängten sich um sie, umarmten sie, hielten ihre Hände, redeten auf sie ein. Aliya wusste nicht, wie ihr geschah.

Und doch – langsam, ganz langsam, spürte sie, wie sich etwas in ihr veränderte. Die anfängliche Fassungslosigkeit wich einem kribbelnden Gefühl in der Brust. Begeisterung.

Es würde ihre erste bedeutende Aufgabe sein. Zum ersten Mal in ihrem Leben spielte sie eine entscheidende Rolle.

Latifa stand etwas abseits und beobachtete die Szene still, fast regungslos.

Was sie den anderen nicht mitgeteilt hatte: Man hatte Zweifel an Aliya. Und genau das war der Grund, warum sie ausgewählt worden war.

Aliya war nicht überzeugt gewesen von solchen Aktionen – zu zögerlich, zu fragend. Nun wollte man sehen, wie weit sie wirklich ging.

Das hier war ein Test!

Wenn sie die Aufgabe gut ausführte, würde sie mit einer viel Größeren betraut werden. Einer viel, viel Größeren.

Latifa holte jetzt einen Zettel aus ihrer Tasche.

„Hier ist alles ganz genau aufgeschrieben, der genaue Ablauf am Sonntagmorgen. Wir lesen die Anweisungen zusammen sooft, bis wir alles auswendig können, danach vernichten wir den Zettel!"

Ein Zeichen

In der darauffolgenden Nacht fand Aliya keine Ruhe. Immer wieder gingen ihr die Abläufe vom Zettel durch den Kopf – sie wiederholte sie unaufhörlich, damit ihr ja kein Fehler unterlief.

Der Tag mit Isa war eigentlich sehr schön gewesen. Sie waren durch die Stadt gebummelt, hatten ein paar Kleinigkeiten für die Wohnung gekauft – neue Vorhänge, eine kleine Pflanze, sogar passende Kissenbezüge. Am Abend hatten sie gemeinsam gekocht, gelacht und sich über alte Geschichten aus Mossul unterhalten. Es hätte leicht und unbeschwert sein sollen. Aber jetzt lag sie wach, die Augen zur Decke gerichtet. Ihre Gedanken jagten im Kreis, der morgige Sonntag flackerte in unzähligen Varianten durch ihren Kopf, mit kleinen Fehlern, mit großen Katastrophen. Was wäre, wenn sie jemand beobachtete, während sie unauffällig das Päckchen im Abfallbehälter vor der St. Paul's Kathedrale fallen ließ, was, wenn Latifa zu früh die Handynummer wählte und die Bombe in ihrer Tasche explodierte?

Isa atmete neben ihr ruhig und gleichmäßig. Sie schloss die Augen und sprach ein stilles Gebet auf, dann schlief sie ein.

Als der Wecker an diesem Morgen klingelte, stand Aliya mechanisch auf und wusch sich für das Gebet. Sie hatte sich mittlerweile daran gewöhnt, dass Isa nicht mit ihr zusammen aufstehen würde und nicht mit ihr gemeinsam beten würde. Normalerweise legte sie sich nach dem Gebet wieder schlafen, nicht aber heute. Isa wusste, dass sie sehr früh mit den Frauen verabredet war. Sie hatte ihm erzählt, dass sie sich heute zum Basteln mit Kindern in der Moschee treffen wollten.

Nach dem Morgengebet ging sie duschen und zog sich in aller Ruhe an. Danach räumte sie die letzten Spuren des gestrigen Abends weg- leere Gläser, ein paar Krümel vom Tisch, das Kissen auf dem Sofa, das noch schief lag. Dann machte sie sich ein einfaches Frühstück: arabisches Brot mit etwas Käse und dazu einen kleinen Kaffee. In der Küche war es still. Kein Geräusch von draußen, kein Gespräch, kein Radio.

Sie setzte sich an den Tisch, faltete das Brot ordentlich auf ihren Teller, nahm einen Schluck vom noch dampfenden Kaffee und aß schweigend. Ganz ruhig. Ganz bei sich.

Dann machte sie sich auf den Weg. Sie würde Latifa vor der Moschee treffen und dann gemeinsam weiter zur St. Paul's Kathedrale gehen.

Es war kühl an diesem Morgen und man merkte, dass sich der Sommer endgültig verabschiedet hatte. Latifa stand bereits vor der Moschee und auch ihr stand die Anspannung ins Gesicht geschrieben. Sie nickten sich zu und gingen dann schweigend zusammen weiter.

„Hast du das Päckchen dabei?", Aliya schaute zu Latifa herüber, die ihre Augen starr auf die Straße gerichtet hatte.

Diese nickte und zeigte stumm auf ihre Tasche, die über ihrer rechten Schulter hing.

Nach einer halben Stunde Fußweg tauchte die St. Paul's Kathedrale plötzlich vor ihnen auf – gewaltig, ehrfurchtgebietend, als wäre sie geradewegs aus einer anderen Zeit in die Gegenwart gefallen. Ihre mächtige Kuppel erhob sich stolz gegen den Himmel, hell im Morgenlicht glänzend, während die steinernen Säulen und Bögen darunter den Eindruck erweckten, als könnten sie jedes Geheimnis der Geschichte in sich tragen. Der weiße Kalkstein wirkte fast weich im Licht. Statuen heiliger Figuren standen in Nischen, still und wachsam, als würden sie die beiden Frauen beobachten, und über allem thronte das Kreuz wie ein stilles Zeichen des christlichen Glaubens. Der Wind wehte den Klang vereinzelter Kirchenglocken herüber.

„Dort ist sie!" Latifa zeigte auf eine Bank in der Nähe der Kirche.

Latifa und Aliya gingen auf die Bank zu und setzten sich auf sie. Von überall her kamen nun die Menschen auf ihrem Weg zum Sonntagsgottesdienst. Die Kirchenglocken begannen bereits zu läuten, der Ruf, der den Menschen anzeigte, dass der Gottesdienst gleich beginnen würde.

„Genauso wie der Ruf des Muezzins", dachte Aliya bei sich.

Als das letzte Läuten verstummt war, lag die St. Paul´s Kathedrale menschenleer vor ihnen.

Latifa schaute nun auf ihre Uhr.

„Fünf Minuten", sagte sie zu Aliya gewandt.

Diese nickte stumm.

Dann stand Aliya auf. In ihrer Hand jetzt die Tasche von Latifa, die sie fest umklammerte – so fest, dass ihre Finger ganz weiß wurden. Langsam setzte sie sich in Bewegung, zielstrebig, aber mit Bedacht gewählten Schritten, auf den Papierkorb zu, der am Rand des Weges vor der Kathedrale stand.

Plötzlich durchbrachen hastige Schritte die Stille. Ein junger Mann, offenbar verspätet, hastete an ihr vorbei, auf dem Weg zum Gottesdienst, den er scheinbar auf keinen Fall verpassen wollte.

Aliya stockte, hielt inne. Ihr Blick zuckte unsicher zu Latifa, die immer noch auf der Bank saß und sie beobachtete. Diese nickte ihr ruhig zu, beinahe unmerklich.

Aliya blieb stehen, senkte den Kopf, als würde sie etwas in ihrer Tasche suchen. Ihre Finger spielten nervös am Reißverschluss, während sie wartete, bis die schweren Türen der Kathedrale sich hinter dem jungen Mann schlossen. Dann richtete sie sich wieder auf und ging weiter – Schritt für Schritt – auf den Papierkorb zu.

Vor dem Papierkorb blieb sie stehen, öffnete ihre Tasche und zog ein Taschentuch heraus. Dann schnäuzte sie sich die Nase, kramte nochmal in ihrer Tasche und warf dann blitzschnell das Taschentuch zusammen mit dem Päckchen in den Papierkorb. Sie schloss ihre Tasche und ging weiter. Hinter sich hörte sie Schritte, die schnell näherkamen. Ihr Herz schlug plötzlich etwas schneller. Aber wenn alles nach Plan lief, dann waren es Latifas Schritte.

Sie spürte, wie jemand sie einhakte, den Arm fest um ihren gelegt. Einen Moment lang wagte sie nicht hinzusehen. Dann drehte sie vorsichtig den Kopf.

Es war Latifa.

Zusammen gingen sie hundert Meter weiter und setzten sich auf eine weitere Bank, den Blick in Richtung Kathedrale gerichtet – in einem sicheren Abstand.

Latifa zog ein Handy aus ihrer Tasche und reichte es Aliya.

„Führ du es zu Ende", sagte sie mit fester Stimme.

Aliya nahm zögerlich das Handy und öffnete es. Die Nummer war eingespeichert, sie brauchte nur auf die grüne Taste zu drücken. Sie schaute noch einmal die Straße entlang – sie war menschenleer.

„Tu es, jetzt", sagte Latifa jetzt etwas harscher.

Ein letzter Blick auf die Straße, dann drückte Aliya auf die Anruftaste.

Ein kaum sichtbares Zittern ging durch ihre Finger, doch in ihrem Blick lag Entschlossenheit. Triumphierend sah sie zu Latifa.

Keine Minute später zerriss ein ohrenbetäubender Knall die Stille. Die Luft vibrierte. Ein dumpfer Druck legte sich auf alles, als hätte die Welt für einen Moment den Atem angehalten. Dann – Totenstille.

Sie standen auf und entfernten sich zügig vom Ort des Geschehens. Kein Wort fiel. Kein Blick zurück.

In der Ferne mischten sich erste Schreie in die aufkommende Unruhe – erst einzelne, dann mehrere. Feuerwehr– und Polizeisirenen näherten sich unaufhaltsam und passierten ihren Fluchtweg.

Aliya und Latifa verschwanden in einer Seitenstraße, ihre Schritte schnell, aber nicht hastig. Sie hielten das Tempo, bis sie außer Sichtweite waren – heim, als wäre nichts geschehen.

Als Aliya die Haustür aufschloss, hörte sie ein leises Plätschern von Wasser, das aus dem Badezimmer drang. Isa duschte. Ein kurzer Moment der Erleichterung durchströmte sie - so konnte sie ein wenig verschnaufen.

Ihre Hände zitterten immer noch leicht. Nicht vor Angst, - nein – es war die Nachwirkung der inneren Anspannung, die sie über viele Minuten in sich gespürt hatte und nun langsam zu weichen begann.

Sie ging in die Küche, ihr Blick fiel auf den leeren Tisch. Isa hatte offenbar noch nicht gefrühstückt. Fast automatisch begann sie, Kaffee aufzubrühen. Sie legte arabisches Brot auf einen Teller, dazu etwas cremigen Käse und frischen Salat. Als alles angerichtet war, setzte sie sich an den Tisch. Ihre Gedanken wanderten. Während sie auf Isa wartete, glitt ihr Blick ins Leere – ruhig, aber innerlich noch bewegt von dem, was gewesen war.

Sie war stolz auf sich. Sie hatte die Aufgabe, die man ihr anvertraut hatte, gut gemeistert.

Isa kam pfeifend in die Küche, er schien gut gelaunt zu sein.

„Hallo mein Schatz. War das Basteln ein Erfolg?“

„Ein voller Erfolg“, Aliya schmunzelte leicht.

Isa schaltete das Radio an und setzte sich zu ihr.

„An der St. Paul`s Kathedrale hat es heute Morgen eine Explosion gegeben. Verletzt wurde niemand. Nach ersten Erkenntnissen hat sich der Sprengsatz in einem Abfalleimer vor der Kathedrale befunden. Es wird vermutet, dass die Täter nicht vorhatten, Menschen zu töten oder zu verletzen. Der Anschlag passierte kurz, nachdem der Gottesdienst begonnen hatte. Es haben sich zu diesem Zeitpunkt keine Menschen in der näheren Umgebung befunden. Zeugen werden gebeten, sich bei der Polizei zu melden. “

Aliya wagte nicht aufzusehen. Sie fürchtete, Isa könnte in ihren Augen lesen, dass sie vielleicht mehr über diesen Anschlag wusste, als sie vorgab.

„Das ist doch wirklich eine Schweinerei!“

Isa schlug mit der Faust auf den Tisch.

„Was sind das bloß für Menschen? Ein Anschlag vor einem Gotteshaus. Was wäre passiert, wenn die Bombe direkt vor dem Gottesdienst explodiert wäre?

Es hätten hunderte Menschen dabei verletzt werden können."

Aliya hatte Isa noch nie so aufgeregt erlebt. Die Nachricht vom Anschlag hatte ihn tief erschüttert – er war außer sich vor Entsetzen. Seine Worte überschlugen sich förmlich.

„Es ist doch nichts passiert", Aliya versuchte ihn zu beruhigen."

„Aber es hätte Aliya – es hätte."

Am nächsten Tag waren Aliya und Isa bei Amara und Reza zum Essen eingeladen. Das beherrschende Thema war – wie könnte es anders sein – der Anschlag. Isa war immer noch aufgewühlt. Immer wieder begann er davon zu sprechen, was alles hätte passieren können. Immer wieder verfluchte er die „verdammten Terroristen", die im Namen von Allah Anschläge verübten und dabei Menschen verletzten und töteten.

Die Nachrichten berichteten, dass es nach wie vor kein Bekennerschreiben gäbe und die Ermittlungen bisher keine konkreten Hinweise zutage gefördert hätten.

„Hörst du", sagte Aliya. „Man weiß noch nicht, wer den Anschlag begangen hat. Wie kommst du darauf, dass es ein islamistischer Terroranschlag war, Isa?"

„Da bin ich mir ziemlich sicher, Aliya. So wie ich mir auch sicher bin, dass dies nur der Anfang war." Er schaute Aliya eindringlich in die Augen. „Und beim nächsten Mal wird es sicher nicht nur Sachschaden sein, sondern es werden Menschen verletzt und getötet werden. So beginnt es immer."

„Noch etwas Tee?", Amira kam mit einer dampfenden Kanne Tee in den Raum und versuchte mit der Ablenkung die Gemüter zu beruhigen.

„Gerne, meine Liebe", Reza nahm ihr die Kanne ab und schenkte nacheinander die Tassen mit dem nach Kardamom duftenden Tee ein, während Amira mit leckerem selbstgebackenem Baklava aus der Küche zurückkam.

„Die Polizei wird sicherlich bald mehr wissen“, sagte er sanft.

Aliya entschuldigte sich leise und ging ins Badezimmer. Sie brauchte ein paar Minuten, um durchzuatmen. Sie stützte sich am Waschbecken ab und atmete tief ein – und aus. Dabei sah sie ihr Spiegelbild an. Ihre Haut wirkte fahl und ihre Augen blickten ihr stumpf entgegen, sie hatten ihren Glanz verloren, der sie immer so strahlen ließ.

Immer wieder hatte sie den Eindruck, dass Reza sie heimlich von der Seite musterte, als wollte er unausgesprochen fragen:

„Hast du etwas damit zu tun? Weißt du mehr, als du sagst?“

Dann schüttelte sie den Gedanken wieder ab. Wie sollte er etwas wissen? Nur weil sie friedlich Koranverse verteilt hatte, hatte sie noch lange nichts mit diesem Anschlag zu tun.

Aliya ließ kaltes Wasser über ihr Gesicht laufen, das ihr nicht nur einen klaren Kopf verschaffte, sondern auch ein wenig Farbe in ihre blassen Wangen zurückbrachte. Nach einem kurzen Blick in den Spiegel richtete sie sich auf, sammelte sich und kehrte schließlich zurück zu den anderen ins Wohnzimmer. Sie atmete erleichtert auf, als sie hörte, dass Isa von seiner Arbeit im Krankenhaus erzählte.

Was sie nicht bemerkte, war der Blick, mit dem Reza sie fixierte – durchdringend und unverwandt, als wolle er tief in ihr Innerstes vordringen und ihre Gedanken lesen.

Der Heimweg verlief ruhig und schweigsam. Aliya vermied es bewusst, zu sprechen, um zu verhindern, dass Isa das Thema erneut aufgriff. Sie nahm seinen Arm und sie gingen schnell nach Hause, jeder in seine eigenen Gedanken vertieft.

Die Woche verging ohne nennenswerte Ereignisse. Der nächste Freitag kam. Aliya konnte an diesem Morgen nicht zum Freitagsgebet in die Moschee gehen, da sie einen Arzttermin hatte, den sie leider nicht verschieben konnte. Stattdessen verrichtete sie ihr Gebet zu Hause.

Am Freitagabend ging sie wie gewohnt zu ihren wöchentlichen Treffen. Eine feine, spürbare Bewunderung lag in der Luft. Aliya nahm sie deutlich wahr. Die Frauen waren voller Respekt für das, was sie getan hatte. Sie hatte die Aufgabe reibungslos und präzise ausgeführt. Auch jene, die den Plan entworfen hatten, waren äußerst zufrieden. Alles war so verlaufen, wie sie es sich erhofft hatten: Niemand war verletzt worden und es gab keinerlei Hinweise darauf, wer den Anschlag verübt hatte.

„Wie geht es nun weiter?", fragte Farah.

„Oder halten wir jetzt die Füße still und machen nichts weiter?"

„Es ist zwar alles nach Plan verlaufen, aber haben wir etwas erreicht für unsere Sache?", setzte Eleen nach.

„Du hast recht, Eleen", Latifa nippte an ihrer Teetasse.

„Wir haben für unsere Sache noch nichts erreicht. Aber es war ein Test.“

„Was für ein Test?“, fragte Aliya

„Ein Test, ob wir in der Lage sind einen Plan präzise und ohne Zögern umzusetzen. Keine Diskussion, keine Fragen – einfach nur die Anweisungen unserer Brüder und Schwestern, die sie von Allah erhalten haben, auszuführen“, sie blickte geheimnisvoll in die erwartungsvollen Gesichter der Frauen, deren Augen an ihren Lippen hingen.

„Es gibt einen neuen Plan, den unsere Brüder und Schwestern für uns ausgearbeitet haben.“

In dem kleinen Wohnzimmer breitete sich ein Murmeln aus, woraufhin alle durcheinander zu sprechen begannen.

„Ruhig Schwestern“, Latifa hob die Hand, um die Frauen zum Schweigen zu bringen und erhielt dadurch die volle Aufmerksamkeit.

„Diesmal werden wir drei Anschläge verüben. Sie werden nach demselben Muster ablaufen wie der Anschlag an der St. Paul´s Kathedrale. Alle drei Aktionen werden zeitgleich stattfinden.“

„Wer wird die Anschläge durchführen?“, fragte Farah, ihre Augen voller Hoffnung, Teil der Operation zu sein.

„Ihr alle werdet dabei sein“, lautete die Antwort von Latifa.

„Jede von euch hat die Ehre, im Namen Allahs zu handeln.“

„Und wo sollen wir zuschlagen?“, fragte Farah weiter.

„Wir teilen uns in Gruppen auf: Hanna und Maha, Yara und Aliya, Eleen und Farah“, erklärte sie und reichte jeder der Frauen einen kleinen Zettel.

„Hier sind die Pläne. Prägt euch jedes Detail genau ein. Den Ort, das Datum, die Uhrzeit, wer wann und wo eingesetzt wird, erfahrt ihr einen Tag vorher.

Vergesst nicht – sobald ihr den Inhalt verinnerlicht habt, vernichtet die Zettel, genauso wie beim letzten Mal."

Die Frauen schauten Latifa an und nickten ihr zustimmend zu.

„Lasst uns jetzt gemeinsam Tee trinken und nicht weiter darüber sprechen. Stattdessen genießen wir den Moment unseres Erfolgs und warten in Ruhe ab, bis alles beginnt."

Die nächsten Tage vergingen ruhig. Aliya bereitete sich intensiv auf ihre Englischprüfung vor – es war die wichtige B1-Prüfung, auf die sie lange hingearbeitet hatte. Von morgens bis abends vertiefte sie sich in ihre Lernmaterialien, wiederholte Vokabeln, feilte an ihrer Grammatik und trainierte die Aussprache. Sie unterbrach ihr Üben nur zum Gebet und um Essen für sich und Isa zu kochen.

Oft übte sie gemeinsam mit Isa, der die englische Sprache fast perfekt beherrschte. Als der Mittwoch-

nachmittag schließlich kam, fühlte sich Aliya gut vorbereitet. Entschlossen machte sie sich auf den Weg
zur Prüfung.

Die Prüfung bestand aus einem Hörverständnistest,
aus freiem Erzählen und einem Lesetext, zu dem sie
Fragen beantworten musste. Mit einem guten Gefühl
legte Aliya schließlich den Stift zur Seite und gab ihre
Unterlagen lächelnd beim Prüfer ab. Eine große Last
fiel von ihren Schultern und ein Hauch von Erleichterung begleitete sie, als sie den Prüfungsraum verließ.
Draußen vor der Tür wartete bereits Isa auf sie. Er
begrüßte sie mit einem strahlenden Lächeln und überraschte sie mit der Idee, den erfolgreichen Tag gemeinsam bei einem Essen zu feiern.

Der Abend wurde wunderschön. Aliya fühlte sich
leicht, glücklich und so unbeschwert wie schon lange
nicht mehr.

Mitten in der Nacht wurde Aliya von dem leisen Piepen ihres Handys geweckt. Verschlafen griff sie nach

dem Gerät und blinzelte auf das Display. Eine Nachricht von Latifa.

„Morgen Abend, acht Uhr. Alles wie abgemacht", stand dort schlicht. Aliya atmete tief durch, starrte auf die wenigen Worte der Nachricht. Auf einmal war ihre Müdigkeit verflogen. Sie wusste, was das bedeutete: Jetzt ging es los, ein Zurück gab es nicht mehr. An Schlaf war in dieser Nacht nicht mehr zu denken.

Pünktlich um genau acht Uhr am nächsten Abend wurde London von drei gewaltigen Detonationen erschüttert. Die erste erschallte am Hyde Park Corner, eine zweite folgte unweit des Britischen Museums und die dritte riss die Stille vor der Universität jäh auseinander. Dichter Rauch stieg in den Himmel, Sirenen heulten auf, Menschen schrien und rannten in alle Richtungen davon.

Die Orte waren, wie schon beim letzten Mal, mit Sorgfalt ausgewählt worden – etwas abseits der Menschenmenge, um niemanden zu verletzen. Doch diesmal waren die Explosionen deutlich heftiger, gewaltiger als bei der ersten Aktion vor der St. Paul`s Kathedrale. Die Druckwellen ließen Fensterscheiben in der Nähe bersten, Autos hupten wild durcheinander und die Straßen versanken binnen Minuten im puren Chaos.

Als Aliya eine halbe Stunde später, beladen mit ihren voll bepackten Einkaufstaschen, an der Wohnung ankam, stand Isa bereits in der Tür und sah sie ungeduldig an.

„Aliya, endlich!", rief er erleichtert.

„Was ist passiert? Warum bist du so aufgeregt? Ich war doch nur einkaufen."

Isa schaute sie entgeistert an.

„Hast du denn nicht gehört, was los ist? Es hat drei Explosionen gegeben! Und du kamst nicht zurück. Ich habe mir solche Sorgen gemacht."

Noch bevor Aliya etwas erwidern konnte, zog er sie energisch in die Wohnung, nahm ihr die schweren Einkaufstaschen ab und schloss sie fest in die Arme. Für einen Moment hielt sie einfach still, spürte seinen Herzschlag und die Erleichterung, die von ihm ausging – und erst da wurde ihr bewusst, was sie gerade getan hatte.

Die Nachrichten überschlugen sich an diesem Abend. Fast stündlich erreichten neue Meldungen die Öffentlichkeit, jede schien dramatischer als die vorherige. Die Berichte über die Anschläge sorgten für Unruhe im ganzen Land, nicht nur in London. Gegen elf Uhr abends wurde schließlich bekannt, dass es Verletzte gegeben hatte. In ihrer panischen Flucht hatten sich Menschen in der Menge gegenseitig überrannt. Ein älterer Mann und eine Frau mussten ins Krankenhaus gebracht werden. Der Zustand des Mannes war ernst. An welchem der drei Orte der Mann und die Frau verletzt wurden, sagte die Polizei nicht.

Am Morgen dann die Nachricht über ein Bekennerschreiben. Was darin stand und wo es gefunden wurde, sollte bei einer Pressekonferenz gegen Mittag bekannt gegeben werden.

Isa hatte Frühdienst im Krankenhaus und Aliya und er hatten sich heute Morgen nur flüchtig gesehen. Er war gerade aufgestanden, als Aliya in ihrem Zimmer ihr Morgengebet verrichtete. Als sie kurze Zeit später aus ihrem Zimmer kam, hörte sie, wie er gerade die Wohnungstür hinter sich schloss. Ein Gefühl der Erleichterung durchströmte sie – sie war froh, ihm nicht mehr begegnet zu sein. Aliya fürchtete seine Reaktionen auf die Anschläge gestern Abend. Sie hatte immer noch vor Augen, wie er sich nach dem letzten Anschlag an der St. Paul´s Kathedrale aufgeregt hatte. Außerdem hatte sie Angst davor, dass er in ihren Augen oder ihrem Verhalten Hinweise entdecken würde, die sie verraten könnten. Auch wenn es kaum wahrscheinlich war, dass er auch nur im Entferntesten einen Verdacht hegen könnte.

Den ganzen Vormittag über saß sie im Wohnzimmer auf dem Sofa. Sie las im Koran, betete und wartete unruhig auf die angekündigte Pressekonferenz. Was würde im Bekennerschreiben stehen? Aliya wusste es selbst nicht.

Um fünf Minuten vor zwölf schaltete Aliya den Fernseher an. Sie wollte auf keinen Fall die mit Spannung erwartete Pressekonferenz verpassen, die um zwölf Uhr beginnen sollte. Schon beim Einschalten wurde live vom Ort des Geschehens berichtet. Ein Reporter stand vor dem großen Saal, in dem ein langer Tisch aufgebaut war. Hinter dem Tisch waren Stühle aufgereiht, viele davon mit Namensschildern versehen — unter anderem für Vertreter von Scotland Yard. Auch der Kommandant und der Pressesprecher wurden erwartet.

Die Atmosphäre war angespannt. Die Kameras fingen immer wieder den leeren Tisch ein, vor dem sich inzwischen zahlreiche Journalisten versammelt hatten. Alle warteten gespannt auf offizielle Informationen zu den Anschlägen.

Kurz nach zwölf war es dann endlich so weit. Eine Gruppe Männer betrat den Raum, begleitet von einer Frau. Ohne ein Wort zu verlieren, nahmen sie auf ihren vorgesehenen Stühlen platz. Im Saal wurde es augenblicklich still.

Der Pressesprecher ergriff als Erster das Wort. Mit ernster Miene schilderte er in knappen, sachlichen Worten, was geschehen war. Es habe drei Anschläge gegeben. Drei Sprengsätze waren zeitgleich an verschiedenen Orten in London explodiert – im Hyde Park Corner, vor dem Britischen Museum und vor der Universität.

Zwei Personen – ein 75-jähriger Mann und eine 50-jährige Frau, seien dabei schwer verletzt worden. Während sich der Gesundheitszustand der Frau bereits stabilisiert habe, kämpfe der Mann noch immer ums Überleben. Er wurde von einem Gegenstand am Kopf getroffen und befinde sich in kritischem Zustand und sei weiterhin nicht außer Lebensgefahr.

Dann teilte der Sprecher mit, dass am Tatort ein Bekennerschreiben gefunden worden sei. An welchem der drei Tatorte das Schreiben gefunden worden war, sagte er nicht. In diesem Schreiben bekannte sich der sogenannte Islamische Staat zu den Anschlägen. Wörtlich sei darin zu lesen gewesen:

„Soldatinnen und Soldaten des Islamischen Staates haben ein Zeichen gesetzt. Und es werden weitere folgen."

Ein Raunen ging durch den Saal. Die Worte wirkten nach – bedrohlich, schwer, erschütternd.

Aliya griff zu ihrem Handy und rief Latifa an. Sie war geschockt von dem, was passiert war, so war es nicht geplant gewesen – eine Botschaft, kein Blutvergießen. Niemand sollte verletzt werden. Und doch war alles außer Kontrolle geraten. Zwei Menschen lagen nun im Krankenhaus, schwer verletzt.

„Beruhige dich, Aliya. Wir haben genau das erreicht, was wir wollten. Man berichtet seit gestern Abend über uns – über unsere Gruppe. Das ist doch genau das, was wir mit den Anschlägen erreichen wollten."

„Aber die Detonation war viel zu stark, wie konnte das passieren?"

„Das war genauso geplant, Aliya.", Latifas Stimme bekam einen eiskalten Unterton.

„Die kleine Explosion an der St. Paul´s Kathedrale war nur ein kleines Vorspiel und hat nur für eine kleine Schlagzeile gereicht – wurde nicht wirklich ernst genommen. Aber jetzt – jetzt wird man uns ernst nehmen. Wir haben mit Allahs Hilfe ein Zeichen gesetzt."

Aliya wollte protestieren, aber der Tonfall in Latifas Stimme duldete keinen Widerspruch.

„Kein Wort mehr darüber, Aliya. Verhalte dich unauffällig und reiß dich zusammen. Wir treffen uns am Freitag wie gewohnt." Dann legte sie auf.

Neue Pläne

Die Schlagzeilen über die Anschläge rissen nicht ab. Tag für Tag dominierten sie die Titelseiten der Zeitungen und die Nachrichtenmeldungen im Fernsehen. In jeder abendlichen Talkshow saßen Experten: Terrorspezialisten, Sicherheitsexperten, Islamwissenschaftler. Sie analysierten, erklärten, spekulierten und lieferten dem aufgewühlten Publikum scheinbar fundierte Einordnungen.

Mit ernster Miene wurden mögliche Hintergründe beleuchtet, Täterprofile erstellt und politische Forderungen laut. Die Gesellschaft schien in einem kollektiven Schockzustand gefangen, während die öffentliche Diskussion sich immer weiter aufheizte.

Aliya berappelte sich langsam von ihrem Schock. Isa schaute diese Talkshows jeden Abend und hielt mit seiner Meinung gegenüber diesen Terroristen nicht hinterm Berg, während in Aliya ein neues Gefühl erwachte. Je mehr Isa sich eschauffierte, desto mehr wuchs in Aliya der Stolz, über das, was sie getan hatten. Sie hatte etwas erreicht, was noch niemand in ihrer Familie erreicht hatte. Man sprach über sie – jeden Tag wurde über sie gesprochen. Die Menschen waren geschockt, hilflos und hatten Angst – Angst vor Allah, Respekt vor Allah. Latifa hatte recht. Sie hatten ein Zeichen gesetzt – ein großes Zeichen und wenn es stimmte, was Latifa gesagt hatte, dann würden sie noch ein viel größeres Zeichen setzen, und sie würde ein Teil davon sein.

Am Donnerstagmorgen kam dann über BBC die erlösende Nachricht: Beide Opfer des Anschlages waren außer Lebensgefahr und auf dem Wege der Besserung. Die Frau hatte das Krankenhaus bereits verlassen und der ältere Mann würde noch einige Zeit brauchen, bevor er nach Hause zu seiner Frau gehen durfte.

An diesem Freitagabend lag eine spürbare Aufregung in der Luft, als sich die Frauen trafen. Die Stimmung war ausgelassen, fast schon euphorisch, angesichts der Ereignisse der letzten Tage.

Latifa, die bisher ruhig in einer Ecke gesessen hatte, trat nun mit einem geheimnisvollen Lächeln in die Mitte der Gruppe.

„Ich habe noch eine Überraschung für euch", sagte sie und hob die Stimme, damit alle sie hören konnten. Sofort kehrte gespannte Stille ein.

„Wir bekommen heute Abend Besuch."

Ein leises Raunen ging durch den Raum. Die Frauen warfen ihr neugierige Blicke zu und hielten inne.

„Was für ein Besuch?", fragte Aliya neugierig.

„Jemand, der unserer Sache unterstützt, der bisher alles geplant hat und der uns auf den nächsten großen Schritt vorbereiten wird."

Kaum hatte sie es ausgesprochen, klingelte es bereits an der Tür. Farah schaute unsicher zu Latifa, die ihr durch ihr Kopfnicken anzeigte die Tür zu öffnen. Farah stand langsam auf und ging ohne ein Wort zu sagen durch den Flur zur Eingangstür. Die anderen hörten, wie sie leise mit jemandem sprach – gedämpfte Stimmen, schwer zu verstehen. Einen Moment später kehrte sie zurück. Hinter ihr trat ein Mann in den Raum.

Aliya hielt die Luft an. Es war der Mann, den sie damals mit Latifa am Flughafen gesehen hatte. Er war es ganz sicher. Sie erinnerte sich noch genau an den Moment, als sie ihr Gepäck vom Förderband holten. Aliya war der Meinung gewesen, dass es Latifas Mann war, denn sie saßen auch nebeneinander im Flugzeug, auf dem Flug von Mossul nach London. Warum war er jetzt hier?

Der Mann war groß, mit einem langen Mantel gekleidet. Sein langer Bart war dicht und gepflegt, mit einem rasierten Oberlippenbart – ein Detail, das Aliyas sofort ins Auge fiel und auf seine tief verwurzelte religiöse Überzeugung schließen ließ. Er trat langsam in den Raum. Die Gespräche der Frauen verstummten.

Sein Blick wanderte durch den Raum – ruhig, prüfend, bis er schließlich bei Latifa stehen blieb. Für einen Augenblick sahen sie einander an, als würden sie still miteinander kommunizieren. Latifa erwiderte seinen Blick. Sie wirkte gefasst, doch in ihrem Gesicht blitzte für einen Moment ein Ausdruck auf, den Aliya nicht einordnen konnte, eine Mischung aus Anspannung und Vertrautheit.

Latifa erhob sich und ging auf den Mann zu.

„Darf ich euch vorstellen? Das ist Abu Khalid.“

Der Mann nickte kurz in die Runde und vermied es, die Frauen direkt anzusehen.

„Abu Khalid hat große Pläne mit uns, liebe Schwestern. Die Zeichen, die wir gesetzt haben und die unserer Sache große Aufmerksamkeit gebracht haben, sind wohlwollend beobachtet worden.“ Latifas Augen blitzten, während sie redete.

„Aber nun wird euch Abu Khalid alles Weitere erklären.“ Sie ging zurück zu ihrem Platz.

Abu Khalid ließ seinen Blick langsam durch den Raum schweifen. In seinem Gesicht lag ein Ausdruck tiefer Entschlossenheit. Eine angespannte Stille legte sich über die Frauen – so still, dass Aliya ihr eigenes Herz schlagen hören konnte.

Langsam, fast bedächtig, setzte Abu Khalid sich in Bewegung. Schritt für Schritt ging er durch den Raum, als wollte er die Bedeutung seiner Worte mit jedem seiner Schritte untermauern. Niemand wagte sich zu regen, aus Angst, allein durch ein Geräusch die Spannung zu stören.

Dann blieb er stehen. Er wandte sich um - sein Blick war ruhig, aber durchdringend – und sah jede Einzelne von ihnen an.

„Drei von euch", begann er langsam, „werden eine große Ehre empfangen. Ihr werdet euch opfern – als Märtyrinnen – im Namen Allahs. Euer Tod wird nicht das Ende sein, sondern der Eintritt in das ewige Paradies. Eine Tat, die Mut, absolute Hingabe zu eurem Herrn und wahre Stärke erfordert."

Ein Flüstern ging durch den Raum, doch keiner wagte es, laut zu sprechen.

„Ihr werdet selbst entscheiden, wer unter euch diese Aufgabe übernehmen wird“, fuhr Abu Khalid fort.

„Es wird keinen Befehl geben, keinen Zwang, nur eure Überzeugung.“

Neben der Tür stand Latifa, still, abwartend. Abu Khalid deutete auf sie.

„Latifa wird euch begleiten und unterstützen. Sie selbst wird nicht Teil dieser Mission sein. Ihre Aufgabe wird darin bestehen, die Verbindung zwischen euch und mir aufrechtzuerhalten.“

Er schwieg, als wollte er seinen Worten Nachdruck verleihen und den Frauen Zeit geben, das Gehörte zu verarbeiten.

„Doch vergesst eins nicht“, sagte er mit ernster Miene, „ihr alle seid auserwählt. Ob ihr kämpft, leidet oder euch opfert, ihr dient einer bedeutenden Sache. Und dafür wird euch das Paradies offenstehen.“

Die Frauen schauten sich gegenseitig an. Aliya konnte in ihren Augen Bewunderung, aber auch Zweifel und Angst erkennen. Abu Khalid fuhr fort:

„Die Pläne für diese große Aufgabe sind bereits geschrieben und die Ausführung wird euch die höchste
Stufe im Paradies schenken, die eine Frau erreichen
kann.“

Aliya schaute zu Latifa, die an den Lippen von Abu
Khalid hing und deren Blicke keinen Zweifel daran
ließen, dass sie ihn verehrte, für alles, was er sagte und
tat. Dieser wandte sich nun an Latifa und ging einen
Schritt auf sie zu.

„Latifa, in einer Woche möchte ich die Namen der
Frauen haben, die sich entschieden haben, ihr Leben
für Allah zu geben und ins ewige Leben aufzusteigen.“

Dann wandte er sich erneut an die Frauen.

„In einer Woche werde ich euch erneut besuchen und
in die Pläne einweihen. Ich erwarte, dass jede von
euch bereit ist, alles zu geben und dass ihr mit wohlbedacht auswählt, wer von euch die Ehre hat schon
bald ins ewige Leben zu gehen.“

So plötzlich, wie er erschienen war, verschwand Abu Khalid auch wieder. Kein überflüssiges Wort, keine Geste zu viel, nur ein letzter Blick in die Runde der Frauen. Für einen Moment lag etwas Unergründliches in seinen Augen: Entschlossenheit, Erwartung, vielleicht auch der kalte Nachhall dessen, was er hinterließ. Dann ein kurzes, kaum wahrnehmbares Nicken und er war fort.

Die Tür fiel ins Schloss.

Zurück blieb eine bedrückende Stille. Die Frauen saßen regungslos da. Als hätte jemand die Zeit angehalten. Niemand sprach. Ihre Gesichter waren leer, ihre Augen blickten ins Nichts.

„Noch etwas Tee?“

Latifa brach schließlich das Schweigen und servierte den Frauen nacheinander heißen Tee.

„Ich denke, ein wenig süßer Tee tut uns jetzt allen gut.“

„Ich mach´s!“

Die Worte kamen plötzlich, fast wie ein Aufschrei und klangen doch klar, entschlossen, endgültig. Alle

Köpfe fuhren gleichzeitig herum. Augen richteten sich auf Hanna.

„Ja“, wiederholte sie, nun etwas leiser, aber nicht weniger entschlossen.

„Ich bin bereit. Ich opfere mich“, sagte sie. „Für unsere Sache.“

Niemand sprach. Niemand widersprach. In den Gesichtern der anderen spiegelten sich Überraschung, Bewunderung und vielleicht auch ein wenig Erleichterung wider.

Latifa war die Erste, die ihre Stimme wiederfand.

„Das ist großartig, Hanna“, ihre Stimme zitterte, als sie die folgenden Worte zu Hanna sagte:

„Ich bin unglaublich stolz auf dich.“

Dann stand sie auf, ging zu dem großen Bücherregal und zog den Koran heraus. Sie öffnete ihn feierlich, blätterte und las laut vor:

„Sure Al Imran, Vers 169. Denkt ja nicht, dass diejenigen, die für Allah sterben, tot sind. Sie leben vielmehr bei ihrem Herrn und werden von Ihm umsorgt.“

Langsam schloss sie den Koran und blickte triumphierend auf. Ihre Hand legte sich auf Hannas Arm.

„Ich werde Abu Khalid noch heute von deiner Entscheidung berichten.“

„Ich möchte es auch machen!“ Yara richtete sich auf. Ihre Stimme war ruhig und fest, und in ihren dunklen Augen begann ein Leuchten.

Latifa drehte sich um, ihre Lippen verzogen sich zu einem warmen Lächeln.

„Yara, wie schön.“

Sie griff nach Yaras Hand, hielt sie einen Moment lang, als wollte sie ihr Kraft schenken.

„Nun fehlt nur noch eine Frau“, sagte sie dann mit ruhiger Stimme, „eine, die bereit ist, für unsere Sache und für Allah alles zu geben.“

Ihr Blick wanderte zu den anderen Frauen, zu Farah, Aliya, Eleen, Maha. Aliya hielt ihrem Blick stand. Sie sah, wie die anderen ihre Köpfe senkten, als befürchteten sie, dass Latifa ihre Ängste in den Augen sehen konnte.

„Aliya, du hast dich schon zwei Mal bewährt und warst stark. Darum richten sich meine Worte an euch - Farah, Eleen, Maha. Euch möchte ich als Erste die Chance geben, Teil davon zu sein. Teil von etwas Größerem. Es ist eine Entscheidung, die Mut verlangt – ich weiß das."

Der Raum blieb still. Keine der Frauen rührte sich. Stattdessen schauten sie zu Boden, als könnten ihre Blicke dort eine Antwort finden. Jede von ihnen hoffte insgeheim, die andere würde sich zuerst melden.

Latifa atmete tief durch. Ihre Worte wurden nun sanfter, fast tröstend.

„Wenn ihr noch nicht so weit seid - wenn eure Herzen noch nicht bereit sind – dann nehmt euch die Zeit. Ihr müsst nichts überstürzen. Bis nächsten Freitag habt ihr noch die Gelegenheit, euch zu entscheiden. Auch du, Aliya, darfst dich dazu entscheiden."

Sie legte eine kurze Pause ein und warf nochmals einen Blick in die Runde.

„Ich werde heute Abend mit Abu Khalid sprechen. Ich werde ihm berichten, dass du, Yara und auch Hanna, sich für unseren Weg entschieden habt."

Isa hatte sich die ganze Woche Urlaub genommen. So verbrachte er den ganzen Tag zu Hause, schlenderte durch die Wohnung, werkelte hier und da oder saß einfach nur im Wohnzimmer und las.

Für Aliya war seine dauerhafte Anwesenheit eine willkommene Ablenkung – zumindest teilweise. Denn ihre Gedanken kreisten unaufhörlich um den neuen Plan. Ein Plan, der noch nicht ausgesprochen war. Vor allem aber fehlte die dritte Person, die für Abu Khalid nötig war, um seinen Plan auszuführen. Immer wieder griff Aliya nach ihrem Handy, entsperrte es fast automatisch, nur um erneut in die WhatsApp – Gruppe zu starren. Kein neues Symbol, keine Nachricht und mit jeder Minute, mit jedem Tag, der verstrich, wuchs in ihr das unruhige Gefühl, dass die Zeit davonlief.

Isa beobachtete, dass Aliya wiederholt auf ihr Handy schaute.

„Ist alles ok, Aliya?"

„Was, ja, warum?" Aliya antwortete abwesend.

„Na, weil du immer zu auf dein Handy starrst."

„Ach so, ich warte auf eine Nachricht aus der Sprachschulgruppe, über die Ergebnisse der Prüfung."

Isa gab sich mit ihrer Erklärung zufrieden und Aliya war froh, dass er nicht weiterfragte.

Am Montag beschlossen Isa und Aliya, in die Stadt zu fahren. Isa hatte sich in den Kopf gesetzt, neue Schuhe zu kaufen. Sie gingen zu Fuß in die Stadt – ein Weg, der ungefähr eine Stunde dauerte. Isa hatte darauf bestanden.

„Ein bisschen Bewegung und frische Luft wird uns guttun", hatte er gesagt und Aliya hatte nur genickt.

Auf halbem Weg kamen sie am Laden von Reza vorbei. Reza stand gerade vor seinem Laden und begutachtete das Schaufenster, welches er neu dekoriert hatte. Als er sie sah, hob er die Hand und winkte ihnen zu. Aliya und Isa blieben stehen. Es folgte ein kurzer, herzlicher Austausch – wie es geht, wie der Laden läuft und ob man sich nicht mal wieder zum Essen treffen wolle. Reza nickte begeistert, aber seine Augen wanderten immer wieder zu Aliya. Nicht aufdringlich, nicht unangenehm – aber spürbar. Seine Blicke versuchten immer wieder, ihren Blick einzufangen. Aliya ignorierte seinen Blick und wich ihm aus – immer noch hatte sie Bedenken, dass er begann über ihr Treffen am Piccadilly Circus zu reden.

Schließlich verabredeten sie sich für den nächsten Samstagabend zum Essen bei Amara und Reza.

„Amara wird uns eine iranische Spezialität kochen. Da könnt ihr euch auf was gefasst machen", sagte er mit einem Zwinkern in den Augen.

Aliya und Isa verbrachten einen schönen Tag in der Stadt. Die Straßen waren belebt, aber nicht überfüllt, und eine sanfte Frühlingsbrise machte das Schlendern durch Londons Straßen angenehm. Für ein paar Stunden war alles andere vergessen – der Plan, die Ungewissheit und auch das mulmige Gefühl, selber die Dritte im Bunde zu sein.

Aliya fühlte sich leicht. Sie lachte viel mit Isa und ließ sich sogar dazu hinreißen, seine Hand in der Öffentlichkeit zu halten. Sie war glücklich.

Isa fand schließlich ein Paar Turnschuhe, in einem kleinen Laden in der Portobello Road. Es war ein Laden mit altmodischem Holzfußboden und einer Verkäuferin, die jedes Modell mit einer Leidenschaft erklärte, als wäre das Schicksal der Welt davon abhängig. Die Schuhe passten perfekt.

„Die sind fürs Joggen“, sagte Isa stolz, denn er hatte beschlossen, anzufangen, Sport zu treiben. Er versuchte sogar Aliya zu überreden, sich auch ein Paar zu kaufen und mit ihm zusammen zu joggen. Aliya aber wies diesen Vorschlag empört zurück. Zum Mittagessen kehrten sie in ein kleines italienisches Restaurant ein, schräg gegenüber vom Piccadilly Circus. Nach dem Essen gingen sie noch eine Stunde durch den

Hyde Park. Die Sonne schien und hatte schon viel Kraft. Als der Nachmittag langsam zum frühen Abend wurde, machten sich die beiden auf den Rückweg. Die Füße schmerzten Aliya vom vielen Laufen, und so nahmen sie die U-Bahn zurück nach Hause.

Als Aliya am Abend vor dem Spiegel stand und sich die Zähne putzte, kamen die Gedanken plötzlich wieder hoch. Ihr Gesicht verfinsterte sich. Wie konnte sie sich dermaßen gehen lassen? Sie hatte sogar das Mittagsgebet ausfallen lassen, da es keine Möglichkeit gab es zu verrichten. Sie war wie ein verliebter Teenager Hand in Hand mit ihrem Mann durch die Stadt gelaufen.

„Oh Allah, verzeih mir meine Sünden." Sie zog sich für die Nacht an und ging leise in ihr Zimmer. Die Dunkelheit lag bereits über der Stadt, und nur gedämpftes Licht der Straßenlaternen fiel durch das Fenster. Aliya zog die Gardinen zu. Niemand sollte sie sehen. Sie rollte den Gebetsteppich aus, richtete ihn sorgfältig nach Mekka und stellte sich hin, die Hände an den Ohren, die Stirn ruhig.

Zuerst holte sie das Mittagsgebet nach, danach verrichtete sie das verspätete Abendgebet. Und dann saß sie lange still da. Die Hände geöffnet im Schoß, der Blick gesenkt. Ihre Lippen bewegten sich leise, fast flüsternd, während sie Dutzende von Duas sprach. Sie sprach, als müsste sie sich frei beten von dem schönen Tag, den sie heute zusammen mit Isa verbracht hatte.

Danach ging sie ins Bett, ohne nochmal zu Isa zu gehen. Vom Wohnzimmer hörte sie seine Stimme, flüsternd – er telefonierte mit seiner Mutter in Mossul.

Der nächste Freitag kam und mit ihm das nächste schicksalhafte Treffen. Der Himmel war bleiern schwer mit Wolken behangen und spiegelte Aliyas innere Unruhe wider. Auf dem Weg zu Yara reifte ein Plan in Aliya. Ein Plan, der sie endlich befreien würde von der Schuld jenes Tages, an dem sie viele überflüssige Dinge genossen hatte und sich in der Öffentlichkeit wie ein *Kafir*, eine Ungläubige, benommen hatte. Und jetzt würde sie es wiedergutmachen. Sie würde die Dritte sein, sie würde sich mit Hanna und Yara für Allah opfern. Kaum war der Gedanke zu Ende gedacht, da durchströmte sie eine seltsame Ruhe. Keine Kälte, keine Angst – sondern etwas Unerbittliches, Reines.

Ohne zu zögern und ohne eine Pause einzulegen, ging Aliya weiter zu Farahs Haus. Dort angekommen, klopfte sie energisch an die Tür. Überraschenderweise öffnete Latifa die Tür.

„Hallo Aliya, wie schön, dass du da bist! Es gibt gute Neuigkeiten!“

„Was für Neuigkeiten?“, fragte Aliya neugierig.

„Komm erstmal rein – die anderen warten schon.“

Aliya zog sich den Mantel aus, hängte ihn ordentlich an die Garderobe und stellte ihre Schuhe sorgfältig darunter ab. Dann folgte sie Latifa durch den Flur in das Wohnzimmer, in dem es wie immer nach einer

Mischung aus heißem Tee, Gebäck und Duftstäbchen roch. Im Wohnzimmer saßen die anderen bereits im Kreis auf dem Boden, gespannt und voller Erwartung, was nun passieren würde.

Aliya setzte sich auf den freien Platz neben Maha und Eleen – konnte es kaum erwarten, den anderen zu erzählen, dass sie sich dazu entschlossen hatte, die Dritte im Bunde zu sein.

„Schön, dass wir vollzählig sind“, sagte Latifa und machte ein geheimnisvolles Gesicht.

„So kann ich euch jetzt die Neuigkeit verkünden, bevor Abu Khalid zu uns stoßen wird“, sagte Latifa mit feste Stimme. Aliya spürte, wie sich Unruhe in ihr ausbreitete. Ihre Gedanken rasten, doch sie schwieg.

Latifa warf einen kurzen Blick zu Maha, die mit verschlossener Miene dasaß.

„Maha hat sich in den letzten Tagen tief mit sich selbst auseinandergesetzt“, begann Latifa, „und gestern hat sie mir mitgeteilt, dass auch sie bereit ist, sich für unsere Sache zu opfern.“

Ein leiser Moment der Stille lag in der Luft – dann brach er wie ein Damm und die Frauen redeten alle durcheinander. Jeder äußerte gegenüber Maha seine Anerkennung und seinen Stolz. Nur Aliya blieb still. Sie saß wie erstarrt, den Blick auf den Boden gerichtet.

„Aliya?", fragte Latifa erstaunt. „Ist alles in Ordnung mit dir? Freust du dich nicht für deine Schwester, dass sie sich für Allah entschieden hat?"

Langsam hob Aliya den Kopf, ihre Augen funkelten entschlossen.

„Ich habe meine Entscheidung ebenfalls getroffen", sagte sie ruhig, aber bestimmt.

„Ich will die Dritte im Bunde sein."

Einen Moment lang herrschte tiefes Schweigen im Raum. Dann richteten sich alle Blicke auf Aliya.

„Aliya, das ist ja wunderbar. Ich wusste immer, dass du eine mutige Frau bist", Latifa schaute voller Bewunderung auf Aliya.

„Aber was machen wir denn jetzt?“, sagte Eleen mit Blick auf ihre Schwester Maha, deren Augen einen besorgten Ausdruck angenommen hatten.

„Wir warten auf Abu Khalid. Er wird entscheiden, wer von euch beiden es sein wird“, Latifa schaute auf die Uhr an der Wand.

„In einer Stunde wird er hier eintreffen. Bis dahin möchte ich nicht, dass wir weiter darüber sprechen. Er wird wissen, was die richtige Entscheidung ist.“

Es wurde die stillste Stunde, die die Frauen je miteinander verbracht hatten. Eine seltsame Schwere lag in der Luft. Sie tranken ihren Tee und bissen schweigend in das Gebäck, doch niemand sprach auch nur ein Wort. Jede war in ihren eigenen Gedanken versunken, bewegt von der Entscheidung, die vier von ihnen getroffen hatten, und von dem, was bevorstand.

Dann endlich das erlösende Klingeln an der Tür. Ein kurzes Aufatmen ging durch die Runde. Abu Khalid war eingetroffen. Sein Blick schweifte prüfend durch die Runde. Die Atmosphäre wandelte sich augenblicklich – die Zeit des Schweigens war vorbei.

Mit einem kurzen, respektvollen Nicken begrüßte er die Frauen, ehe sich sein Blick auf Latifa richtete.

„Und wie sieht es aus, Schwester?"

Seine Stimme war tief und fest.

„Habt ihr alle eine Entscheidung getroffen?"

Latifa erhob sich langsam.

„Ja", antwortete sie. „Mehr als das, es haben sich sogar noch zwei Frauen gefunden - Aliya und Maha."

Sie ließ ihre Worte einen Moment wirken, dann fügte sie hinzu: „Ich vertraue darauf, dass du die richtige Entscheidung treffen wirst, wer von ihnen am besten für unseren Plan geeignet ist, Abu."

Abu Khalid ließ seinen Blick schweigend von Aliya zu Maha wandern. Seine Augen waren ruhig, prüfend, als wollte er tiefer in ihre Seelen blicken, als Worte es je könnten. Dann schwieg er. Minuten vergingen in gespannter Stille, in der niemand wagte, sich zu rühren. Dann fiel sein Blick auf Aliya.

„Aliya, du hast bereits zwei Mal gezeigt, wie wichtig dir unser Kampf gegen die Ungläubigkeit auf der Welt ist. Du hast alles genau nach Allahs Willen ausgeführt, ohne Fragen zu stellen, ohne zu zögern. Du hast eine Belohnung verdient. Darum habe ich mich für dich entschieden."

Aliya hielt den Atem an. Sie konnte es kaum fassen: Sie war auserwählt. Sie würde dabei sein dürfen.

„Ich danke dir, Abu Khalid", sagte sie leise. „Danke, dass du so viel Vertrauen in mich hast."

Abu Khalid nickte ihr ernst zu.

„Inschallah wirst du auch diese Aufgabe meistern", sagte er ruhig.

Dann wandte er sich Maha zu. Sie saß still da, den Blick auf den Boden gerichtet, die Hände fest im Schoß verschränkt.

„Maha, sei nicht traurig. Auch für dich wird Allah eine ehrenvolle Aufgabe finden."

Sein Blick fixierte ihre Augen.

„Du wirst ohne Zweifel eine bedeutende Rolle in unserem Plan spielen, so wie ihr alle. Jede von euch wird, auf die eine oder andere Weise, ein Teil davon sein."

Ein stilles Einverständnis legte sich über die Runde. Die Entscheidung war gefallen und nun gab es kein Zurück mehr.

Abu Khalid trat nun einen Schritt zurück, sein Blick schweifte ein letztes Mal durch die Runde. Dann setzte er sich etwas abseits auf ein kleines Kissen, das am Rand des Raumes lag. Seine Haltung war aufrecht, seine Ausstrahlung ruhig, aber durchdrungen von Autorität.

„Ich werde euch jetzt den Plan erklären. Jede von euch wird eingeweiht. Aber ich fordere, nein ich verlange – absolute Verschwiegenheit."

Er ließ die Worte bewusst langsam fallen, damit sich ihre Bedeutung in den Köpfen der Frauen einbrennen konnte.

„Kein Wort. Zu niemandem. Nicht zu euren Familien, nicht zu euren Freunden und auch nicht untereinander. Was ich euch jetzt erzähle, bleibt in euren
Herzen und Köpfen. Alles andere gefährdet unsere
Sache“

Die Frauen nickten, einige ernst, andere nervös.

„Alles ist bis ins kleinste Detail geplant - der Ort, der
Tag, die Zeit, wann der Anschlag stattfinden wird.
Das Einzige, was ich euch heute preisgeben werde“,
erneut schaute er jede der Frauen der Reihe nach in
die Augen, „ist die Aufgabe, die jeder übernehmen
wird.“

„Und wann erfahren wir, wann der Tag ist und wo
alles stattfinden wird?“, fragte Maha.

„Dann, wenn es so weit ist.“ Abu Khalid stand jetzt
auf und ging langsam durch den Raum. Am Fenster
blieb er stehen und schaute in die Dunkelheit, so als
ob er sich vergewissern wollte, dass niemand vom
Garten aus das Haus beobachtete. Dann zog er die
Gardinen geräuschvoll zu.

„Es kann morgen sein, nächste Woche, in einem Monat oder auch erst in einem Jahr.“

Er drehte sich wieder zu den Frauen um und ging zurück zu seinem Platz. Latifa starrte ihn voller Bewunderung an und hing an seinen Lippen, als ob sie mit ihren Augen die Worte aus ihnen herausziehen wollte.

„Yara, Aliya und Hanna, ihr seid die Hauptakteure in unserem Plan. Auf euch ruhen unsere größte Hoffnung und unser tiefstes Vertrauen. Ihr werdet euch opfern – für Allah, für unsere Sache, für das, woran wir glauben. Eure Namen werden nicht vergessen werden. Eure Taten werden leuchten wie ein Stern in dunkler Nacht. Das verspreche ich euch.“

Er machte eine kurze Pause, als wollte er den Moment würdigen, dann fuhr er fort.

„Ihr werdet aufsteigen, in die höchste Stufe des Paradieses. Eine Stufe, zu der nur wenige Frauen gelangen. Euer Opfer wird euch den Weg ebnen, den nur die Auserwählten gehen.“

„Was wird unsere Aufgabe sein?“, Aliya unterbrach ihn ungestüm.

„Alles gut, Schwester. Ich kann deine Aufregung verstehen. Aber übe dich in Geduld.“

„Entschuldige, Abu Khalid. Ich wollte nicht unhöflich sein. Bitte verzeih mir.“

„Du, Hanna und Yara werden zu großen Märtyrinnen aufsteigen. Ihr bekommt einen Sprengstoffgürtel umgebunden. Der Zünder wird von außerhalb aktiviert. Genauso wie bei den letzten Anschlägen. Die Aktion ist absolut sicher und unter euren Abayas wird der Sprengstoff nicht entdeckt werden.“

„Und was ist mit uns?“ Maha schaute Abu Khalid an.

„Du, Farah und Eleen werdet jede eine der drei begleiten und ihr zur Seite stehen, bis zur letzten Minute. Ihr werdet alle am selben Ort sein, so positioniert, dass wir die größtmögliche Aufmerksamkeit mit unserer Aktion erhalten werden. Es wird ein Inferno werden.“

Ein Lächeln huschte über das Gesicht von Abu Khalid.

„Latifa wird die Vermittlerin zwischen uns sein. Von ihr werdet ihr den Ort erfahren und eure jeweilige Position sowie den genauen Ablaufplan. Den Tag und die Uhrzeit werdet ihr erst Stunden bevor es losgeht erfahren.“

Zwischen den Frauen entstand eine spürbare Unruhe – doch es war keine angespannte, sondern eine freudige, erwartungsvolle Unruhe. Stimmen erhoben sich, alle redeten durcheinander, lachten leise, einige tuschelten aufgeregt miteinander. Inmitten dieses lebhaften Durcheinanders begegneten sich die Blicke von Latifa und Abu Khalid. Für einen Moment schien die Zeit stillzustehen. Sie nickten sich wortlos zu, ein stilles Einverständnis. Dann wandte sich Abu Khalid ab und verschwand lautlos aus dem Raum. Latifa ließ die Frauen noch einen Augenblick gewähren, gab ihnen Raum für ihre Emotionen. Schließlich klatschte sie mehrmals kräftig in die Hände. Es wurde still. Mit ruhiger Geste öffnete sie den Koran vor sich, schlug eine Seite auf und begann mit fester und klarer Stimme einige Verse zu rezitieren.

An diesem Tag kehrte Aliya mit großer Vorfreude nach Hause zurück. Das Gefühl, an etwas Großem teilzuhaben, eine wichtige Rolle darin zu spielen, machte sie stolz und sie fühlte sich Allah näher denn je. Hoffentlich konnte sie ihre Gefühle vor Isa verstecken, er durfte auf keinen Fall etwas merken, und wer weiß, wie lange es noch dauern würde, bis sie losschlagen würden. Latifa hatte zum Abschluss gesagt: „Ihr seid jetzt Schläferinnen und ich werde euch erwecken, wenn die Zeit dazu gekommen ist …“

Danach hatte sie jede umarmt und viel Kraft gewünscht.

Der Anschlag

Die folgenden Wochen verstrichen still und ereignislos. Wie gewohnt ging Aliya jeden Freitag in die Moschee, abends traf sie sich mit den Frauen. Es war ein fester Rhythmus, ein ruhiger Takt, in dem sie sich bewegte – beinahe wie im Nebel, aus Gewohnheit und gespannter Erwartung. Doch über das, was bevorstand, wurde kein einziges Wort verloren. So hatte es Abu Khalid angeordnet und sie alle hielten sich streng daran – aus Vorsicht, aus Loyalität, aus Überzeugung. Niemand wollte riskieren, dass die geplante Aktion in Gefahr geriet.

Einmal in der Woche telefonierte Aliya mit ihrer Mutter. Es war ein kurzer Lichtblick inmitten der Stille. Die Mutter sprach viel – über Alltägliches, über das Zuhause, das Aliya hinter sich gelassen hatte. Sie erzählte, wie wunderschön der Garten in diesem Som-

mer geworden war, wie groß das kleine Dattelbäumchen, welches Aliya gepflanzt hatte, schon war, dass
es inzwischen schon über ihren Kopf reichte. Und
immer wieder betonte sie, wie sehr sie Aliya vermiss-
ten. Aliyas Herz krampfte sich zusammen. Die Vor-
stellung, ihre Eltern, den vertrauten Garten, ihr Dattelbäumchen nie wiederzusehen, lag wie ein dunkler
Schatten über ihren Gedanken.

Am Ende des Gespräches hatte ihre Mutter ihr das
Versprechen abgerungen, nach dem Sommer für drei
Wochen gemeinsam mit Isa nach Mossul zu kommen,
um die Familie zu besuchen.

Es war ein warmer Samstagmorgen, als Aliya sich entschloss, auf den Markt zu gehen, um frisches Obst
und Gemüse fürs Wochenende zu besorgen. Als sie
an dem Briefkasten im Hausflur vorbeikam, hielt sie
einen Moment inne und öffnete ihn. Es lag ein Umschlag darin, schlicht und offiziell. Der Absender war

die Sprachschule. Sie hatte schon gar nicht mehr daran gedacht. Mit klopfendem Herzen nahm sie den Brief und eilte die Treppe hinauf zurück in die Wohnung. Isa saß am Küchentisch und las die Zeitung.

„Der Brief ist gekommen", sagte Aliya atemlos.

„Von der Schule – wegen des Prüfungsergebnisses."

„Und? Was steht drin? Hast du bestanden?", fragte Isa neugierig.

Aliya schüttelte den Kopf.

„Ich weiß es nicht. Ich habe ihn noch nicht geöffnet."

„Dann öffne ihn." Isa lachte.

Mit zitternden Fingern riss Aliya den Umschlag auf. Ihre Augen flogen über die Zeilen, suchten nach dem entscheidenden Satz. Und dann – ganz langsam – breitete sich ein Strahlen auf ihrem Gesicht aus.

„Ich habe es geschafft", flüsterte sie. Ich habe die Prüfung bestanden."

Sie hielt das Blatt noch immer in der Hand, als wäre es etwas Kostbares. Dort stand es, schwarz auf weiß: das Englisch-Zertifikat, das ihr die Tür öffnete. Sie konnte nun arbeiten gehen, wenn sie wollte, ihr eigenes Geld verdienen. Isa kam auf sie zu und nahm sie in die Arme.

„Herzlichen Glückwunsch. Ich freue mich sehr für dich.“

„Danke, ich freue mich auch.“

Dann drehte sie sich langsam um. Isa sollte nicht sehen, wie ihre Augen traurig wurden und sich verfinsterten. Ein Schatten war über ihr Gesicht gefallen, leise, fast unbemerkt, aber unaufhaltsam. Sie dachte an ihre Aufgabe, an das, was vor ihr lag und von dem sie sich nicht ablenken lassen sollte. In diesem Augenblick erschien ihr das Bestehen der Prüfung nicht mehr als ein Erfolg, sondern als etwas Belangloses, fast Sinnloses – ein schönes, aber nutzloses Stück Papier in einer Welt, in der ganz andere Dinge zählten.

„Ich gehe jetzt auf den Markt“, rief sie Isa zu. Sie brachte das Prüfungszertifikat in ihr Zimmer und legte es fein säuberlich gefaltet in die Schublade ihrer kleinen Kommode, in der sie so manches Geheimnis aufbewahrte. Dann machte sie sich auf den Weg zum Markt und besann sich wieder auf die wichtigen Dinge im Leben, und zu dem gehörte keine bestandene Prüfung, mit der Aussicht auf eine Arbeit und ein westliches Leben mit Isa in London.

Der Sommer verging, die Blätter färbten sich gelb und rot und wehten mit den ersten Herbstwinden durch die Straßen von London. Aliya hatte ihren Mantel aus dem Schrank geholt, da es abends schon empfindlich kalt wurde. Die Gedanken an den Plan verblassten langsam. Es war nun schon mehrere Monate her, dass Abu Khalid zu ihrem Treffen gekommen war und ihnen die ersten Details des Planes verraten hatte.

Die Reise nach Mossul, die Aliya ihrer Mutter versprochen hatte, musste verschoben werden, da Isa nicht freibekommen konnte. Es gab schon seit Monaten eine unbesetzte Stelle im Krankenhaus. Bevor niemand gefunden wurde, konnte er keinen Urlaub bekommen. Im Frühjahr wollten sie die Reise aber nachholen. Aliya war das ganz recht. Sie wollte ihre

Familie jetzt nicht sehen und sie konnte auch gar nicht weg aus London. Was wäre gewesen, wenn es plötzlich losgegangen wäre und sie in Mossul gewesen wäre? So musste sie sich keine Ausrede einfallen lassen.

An darauffolgendem Freitag kam Latifa nicht zum Freitagsgebet in die Moschee. Sie hatte auch niemandem Bescheid gegeben, warum sie nicht kam.

Aliya kniete auf ihrem Gebetsteppich in der Moschee. Der Raum war still, nur das leise Gemurmel der betenden Frauen erfüllte den Raum. Doch Aliyas Gedanken waren nicht ganz bei den Worten. Immer wieder hob sie den Blick zur Tür, jedes Mal, wenn diese sich öffnete – in der Hoffnung, Latifa würde hereinkommen. Doch Latifa kam nicht.

Mit jeder Minute wuchs die Unruhe in ihr. Auch die anderen Frauen begannen, sich umzusehen, flüsterten einander Fragen zu. Es war ungewöhnlich, dass Latifa nicht zum Gebet erschienen war. Sie, die sonst immer als Erste da war.

Auch während des wöchentlichen Treffens der Frauen am Abend blieb ihr Platz leer. Sie warteten, voller Spannung, mit wachsender Besorgnis. Doch Latifa erschien nicht. Die Frauen hatten gerade beschlossen, das Treffen an diesem Abend etwas früher zu beenden, als es klingelte. Yara erhob sich, ging über den Flur und öffnete die Tür. Stimmen drangen leise ins Zimmer – gedämpft, kaum verständlich. Als sie zurückkam, war sie nicht allein. An ihrer Seite trat Latifa in den Raum und hinter ihr folgte Abu Khalid.

Es geht los - schoss es Aliya sofort durch den Kopf. Nur das konnte der Grund sein, dass Abu Khalid heute hier war und mit Latifa zusammen zum Treffen kam. Ohne Umschweife begann er zu reden: „Schwestern, es ist so weit. Seid ihr Bereit den Weg, den Allah uns gezeigt hat zu gehen?"

In seiner Stimme hörte Aliya eine leichte Anspannung, die sie nicht von ihm kannte, wirkte er doch für gewöhnlich stark und selbstbewusst. Die Frauen nickten erwartungsvoll.

Abu Khalid begab sich zu dem Tisch, der sich direkt am Fenster befand, und zog die Gardinen zu. Aus der Umhängetasche, die er über der Schulter trug, zog er einige Zettel heraus, legte sie auf den Tisch und ordnete sie in sechs präzise Stapel vor sich. Dann winkte er die Frauen zu sich her – eine nach der anderen. Jeder trat leise vor und jeder überreichte er einen der sechs sorgsam vorbereiteten Stapel. Wortlos vollzog sich das Ritual. Als die letzte Frau wieder ihren Platz eingenommen hatte, hob er den Blick.

„In euren Händen haltet ihr den ausführlichen Plan unserer Mission. Jede von euch hat jetzt eine Stunde Zeit, sich alles sehr gründlich einzuprägen. Danach wird alles im Kamin vernichtet. Latifa und ich“, er schaute zu Latifa, die alles von der Tür her beobachtete, „werden euch nicht aus den Augen lassen. Kein Zettel darf in euren Taschen verschwinden. Ihr müsst euch alles in jeder Kleinigkeit einprägen. Kein Zettel verlässt diesen Raum. Ihr müsst alles“, er schaute die Frauen eindringlich an, „und ich meine wirklich alles, jedes Wort, jeden Ort, jede Minute des Planes in eurem Kopf speichern. Habt ihr das verstanden?“

Die Frauen nickten stumm und begannen sofort mit ihrer Aufgabe.

Aliya fiel es sehr schwer sich zu konzentrieren. Immer wieder senkte sie den Blick, ließ ihre Augen verstohlen zu den anderen schweifen. Abu Khalid und Latifa standen wie versteinert da, ihre Blicke unbeirrbar auf die Frauen gerichtet. Die Buchstaben auf dem Blatt vor ihr verschwammen, tanzten vor ihren Augen und sie musste wieder und wieder die Lider zusammenkneifen, um überhaupt weiterlesen zu können. Sie spürte Hannas Blick – suchend und als sie aufblickte, sah sie die Angst in deren Augen. Aliya versuchte, Ruhe auszustrahlen, ihr mit einem Blick Sicherheit zu geben. Doch sie merkte, dass es nicht gelang. Hanna wandte sich ab, verunsichert. Nachdem Aliya den Text ein drittes Mal gelesen hatte, war sie sich sicher. Sie hatte jedes Detail des Planes verinnerlicht. Tief genug, dass sie sich morgen, wenn es so weit war, an alles erinnern würde. Denn morgen war der Tag, auf den sie alle so viele Wochen gewartet hatte.

„Farah", Latifa durchbrach mit ihrer Stimme die Stille.

„Du kannst jetzt den Kamin anzünden."

Farah erhob sich, trat zum Kamin und entzündete das Feuer. Nach und nach traten die Frauen an die lodernden Flammen heran und warfen ihre Zettel hinein.

„Wir versammeln uns morgen früh um 9 Uhr hier. Um 9:15 Uhr geht es dann los. Wir fahren alle zusammen. Habt ihr alles verstanden?"

Die Frauen nickten und gingen sofort nach Hause. Latifa blieb mit Abu Khalid und Farah zurück.

„Ich muss noch ein paar Dinge besorgen. Wir sehen uns morgen", sagte Aliya, während sie den anderen zum Abschied winkte. Dann wandte sie sich ab und verschwand in einer schmalen Seitenstraße. Sie wollte alleine sein – den Rückweg in der Stille verbringen, keine Gespräche führen. Als sie in die Praed Street einbog, sah sie Isa am Fenster stehen. Sie wusste, sie war spät, und sie wusste auch, dass Isa sich Sorgen machen würde.

Sie hatte bereits am Morgen einige Dinge auf dem Markt besorgt und somit eine Ausrede parat, weshalb sie so spät kam.

Aliya kochte für Isa und sich ein pompöses Abendmahl als Entschädigung. Es fühlte sich an wie ein Henkersmahl – und das war es in gewisser Weise auch, zumindest für Aliya. Ein leises Schmunzeln huschte über ihre Lippen. Es war keine Heiterkeit, sondern eine stille Ironie, die sich kurz Raum verschaffte.

Die Nacht wurde sehr unruhig. Aliya konnte nicht in den Schlaf finden. Erst als der Morgen bereits dämmerte, fiel sie in einen leichten Schlaf, der nur kurz darauf durch das Klingeln des Weckers unterbrochen wurde. Isa war bereits früh am Morgen zum Dienst gefahren, sodass Aliya sich ganz in Ruhe auf den großen Tag vorbereiten konnte. Sie nahm sich Zeit für eine ausgiebige Dusche, ließ das warme Wasser lange über ihren Körper laufen. Danach bereitete sie sich einen starken Kaffee zu. Hunger verspürte sie keinen. Als sie fertig war, machte sie sich auf den Weg zu Farah, sie wollte auf keinen Fall zu spät kommen. Die Straßen wirkten fast leer, nur vereinzelt begegnete sie Menschen – es war Sonntag und viele nutzten den freien Tag, um auszuschlafen. Es war schon recht kühl heute Morgen und Aliya zog ihren Mantel eng um sich und hielt ihn am Kragen geschlossen, damit der Wind keinen Weg ins Innere fand. Sie hatte ganz bewusst ihren langen, weiten Mantel angezogen, keiner sollte sehen, was sie an sich trug.

Von Weitem sah sie, dass Farah schon vor ihrer Haustür stand und wartete. Als sie Aliya kommen sah, huschte ein Lächeln der Erleichterung über ihr Gesicht.

„Hallo Aliya", flüsterte sie, als ob sie Angst hätte, ihr Vorhaben zu verraten, wenn sie lauter sprach. Farah hatte große Schatten unter ihren Augen, so als hätte sie die ganze Nacht nicht geschlafen. Aliya stellte sich neben sie und zusammen warteten sie auf die anderen, still, jede in ihren Gedanken versunken. Nach und nach trafen die Frauen ein. Punkt neun Uhr bog ein Kleinbus langsam um die Ecke und kam direkt vor den Frauen zum Stehen. Am Steuer saß ein Mann, den Aliya noch nie zuvor gesehen hatte. Neben ihm, auf dem Beifahrersitz, erkannte sie Abu Khalid. Der fremde Fahrer trug einen schwarzen Turban, der ihm streng um den Kopf gewickelt war. Sein Blick war unbeweglich nach vorne gerichtet, fast so, als wolle er sich von nichts und niemandem ablenken lassen — stumm, ernst, wie aus Stein gemeißelt. Mit einem leisen Zischen glitt die seitliche Schiebetür des Fahrzeugs auf. Drinnen saß Latifa, die den Frauen mit einer einladenden Geste zunickte und ihnen ein Zeichen gab, einzusteigen. Die Frauen stiegen nacheinander in den Bus. Er war groß genug, dass jede bequem sitzen konnte. Dann startete der Fahrer das Auto und fuhr los. Laut Plan würden sie in eineinhalb Stunden ihr Ziel - den Ort des geplanten Anschlags - erreichen. Nach einer halben Stunde verließen sie den Motorway, fuhren zehn Minuten auf einer Landstraße und bogen dann in einen Feldweg ein, der zu einem kleinen, aber dichtbewachsenen Wald führte. Weitere fünf Minuten später hielt der Fahrer das Auto an.

Abu Khalid öffnete die Vordertür und stieg aus. Keiner traute sich, auch nur ein Wort zu sagen. Er ging zum Kofferraum, holte einen großen Koffer heraus und stellte ihn vor dem Bus ab. Dann nickte er kurz dem Fahrer zu, der ebenfalls ausstieg und die Seitentür öffnete, sodass die Frauen alle aussteigen konnten.

„Das ist Omar", Abu Khalid deutete auf den Fahrer. „Er wird euch jetzt den Sprengstoffgürtel umlegen. Befolgt seine Anweisungen genau."

Aliya beobachtete, wie Omar den ersten Sprengstoffgürtel aus dem Koffer nahm. Er ging damit zu

Hanna. Diese öffnete ihren Mantel und zog ihn aus. Omar nahm den Gürtel und legte ihn Hanna um. Mit einem lauten *Klick* rastete die Schnalle in den Verschluss ein. Omar schaute hoch, blickte Hanna in die Augen, dann drehte er sich zu den Frauen um.

„Es gibt jetzt keine Möglichkeit mehr für euch, den Gürtel zu öffnen." Er zog ein kleines Gerät aus seiner Tasche, welches einem Feuerzeug ähnelte.

„Und nun", er drückte auf einen Knopf, der sich oben am Gerät befand, „ist der Gürtel scharf". Er zeigte auf ein kleines, rot blinkendes Lämpchen an der Seite des Gürtels.

„Das ist das Zeichen, dass der Gürtel aktiviert ist. Nun gibt es kein Zurück mehr."

Aliya zuckte zusammen und warf einen schnellen Blick zu Hanna, die regungslos dastand – als wäre sie plötzlich aus der Welt gefallen. Ihr Gesicht war starr und zeigte keinerlei Regung, doch ihre Augen verrieten Verwirrung. Es wirkte, als hätte sie nicht erfasst, was Omar eben gesagt hatte. Dieser eine unscheinbare Satz, dass sich der Gürtel später nicht mehr öffnen ließ – war ein winziges, aber entscheidendes Detail, welches nicht auf den Zetteln stand, die sie sich mit solcher Genauigkeit und Disziplin eingeprägt hatten.

Omar nahm nun den zweiten Gürtel aus dem Koffer und kam auf Aliya zu. Aliya ließ sich den Gürtel wie in Trance umbinden, eine leichte Panik stieg in ihr auf, als er einklickte. Sie war gedanklich abgetaucht, um nicht laut loszuschreien. In ihrem Inneren zogen Bilder ihres Lebens an ihr vorbei. Sie sah ihre Mutter, wie sie ihr zuwinkte, als sie Hand in Hand mit ihrer Freundin in die Schule ging – ihr erster Schultag. Aliya war zu dieser Zeit sehr stolz und voller Wissensdurst. Unweigerlich erschienen die Bilder des Tages, als es an der Tür des Klassenzimmers klopfte und zwei schwer bewaffnete Männer der islamischen Kämpfer in den Raum stürmten, der Lehrerin befahlen, die Mädchen sofort nachhause zu schicken, und den

Mädchen bei Strafe verboten, am nächsten Tag wieder in der Schule zu erscheinen.

Als sie wieder zu sich kam, fuhr der Bus bereits über den Motorway. Der Motor summte gleichmäßig, der Asphalt zog in grauen Streifen unter ihnen vorbei. Aliya konnte sich nicht mehr erinnern, wie sie eingestiegen war oder wie sie überhaupt zurück auf die Straße gelangt waren. Alles war wie ausgelöscht – ein schwarzes Loch in ihrem Gedächtnis. Offenbar hatte ihr Unterbewusstsein die Kontrolle übernommen und sie in einen Zustand völliger Abschottung versetzt, um sie vor der Realität zu schützen. Ein innerer Mechanismus, der sie ruhig hielt, obwohl alles in ihr schreien wollte. Aber war es wirklich nur der Geist, der sie abgeschirmt hatte? Nein. In ihrem Herzen war sie sich sicher: Es war Allah gewesen, der sie durch diese groteske Situation getragen hatte – mit unsichtbarer Hand, leise, aber kraftvoll.

„In einer Viertelstunde sind wir da. Macht euch bereit, Schwestern", Latifa durchbrach die Stille, ihre Stimme – euphorisch.

Aliya sah Yara und Hanna, die bewegungslos auf der Bank ihr gegenüber saßen. Sie fuhren jetzt runter von der Motorway 24 und hielten wenige Minuten später an einem weitläufigen Knotenpunkt an. Zwei grüne Straßenschilder, in Form von Pfeilen, ragten hoch in die Luft. Auf jedem Schild war ein kleines, weißes Flugzeug abgebildet. Der eine Weg führte nach Gateway, der andere nach Heathrow. Das Auto setzte den Blinker und bog in Richtung Heathrow ab. Das Ziel war klar.

Einige Minuten später tauchte das nächste Schild auf: *Heathrow – 2 Meilen.* Die Buchstaben wirkten überdimensional groß, als würden sie direkt auf Aliya zufliegen. Sie starrte sie an. Etwas in ihr zog sich zusammen. Doch bevor sie sich weiter in ihre Gedanken vertiefen konnte, lenkte der Bus auf einen freien Parkplatz direkt vor dem Ankunftsterminal und kam zum Stehen. Niemand sagte ein Wort. Die Stille zog sich für Aliya wie eine Ewigkeit hin – bis sie von Abu Khalids mächtiger Stimme durchbrochen wurde:

„Hanna, Farah – ihr seid die Ersten. Ihr verlasst jetzt den Bus und begebt euch zu dem Platz, der euch im Plan beschrieben wurde. Maha, du gehst mit Yara. Und Aliya – du mit Eleen. Begebt euch so schnell wie möglich und so unauffällig wie möglich an den Ort, den ich euch zugewiesen habe. Wie es weitergeht, wisst ihr.“

Die Tür des Busses wurde von außen durch Omar geöffnet. Ein letzter Blick zurück. Aliyas Augen trafen auf Latifa, die ihren Arm um Abu Khalid gelegt hatte und ihren Blick nicht erwiderte. Im Cockpit sah sie drei Zünder liegen, sie blinkten grün, bis zu dem Moment, in dem sie in ein tödliches Rot wechseln würden – dann schloss sich die Tür.

Hanna und Farah betraten als Erstes das Gebäude und gingen in Richtung Terminal 3. Dann folgten Maha und Yara. Sie bogen ab in Richtung Terminal 1, während Aliya und Eleen sich zum Terminal 4 begaben. Aliya sah die vielen Menschen, die sich am frühen Sonntag hier eingefunden hatten: gutgelaunte

Mütter und Väter, lachende Kinderaugen, mit Vorfreude auf den Flug – in den Urlaub, zu den Großeltern. Die Shops hatten bereits geöffnet. Der Duft von frisch gebackenem Brot lag in der Luft. Vor einem Bäcker hatte sich eine lange Schlange gebildet - präzise, diszipliniert, ganz so, wie man es von den Engländern kannte. Aliya ließ den Blick durch die Menge schweifen. Ihre Schritte wurden langsamer, zögernder, abwartend, so als würde sie nach etwas oder jemandem suchen.

„Was ist, Aliya? Komm, wir müssen weiter", Eleen war dicht hinter ihr, drängte zum Weitergehen. Aliya sah sich nun auf der anderen Seite um, suchend, fast hoffend – aber sie fand nicht, was sie suchte. Nur noch wenige Meter. Dann würden sie den Platz erreichen. Dort, wo sie Eleen verlassen würde. Denn ihre Aufgabe würde hier enden. Und auch Aliyas. Nur noch eine Minute. Vielleicht zwei. Nur noch ein paar Schritte und nichts war mehr, wie es war - auf dem Flughafen Heathrow …

Zwei Monate zuvor:

Aliya war auf dem Rückweg vom Markt. In ihrer Tasche lagen frische Auberginen und Zucchini – sorgfältig ausgewählt für das Abendessen am nächsten Tag. Reza und Amara hatten sich angekündigt. Aliya wollte das Gemüse mit Bulgur füllen und dazu eine kühle Joghurtsoße reichen – schlicht, aber voller Erinnerungen an früher.

Sie war gerade an Rezas Geschäft gekommen, als sich die Tür öffnete und er plötzlich vor ihr stand. Kein Gruß. Kein Lächeln. Nur ein starrer Blick. Im selben Moment traten zwei Männer aus dem Laden. Ohne ein Wort packten sie Aliya an den Armen – links und rechts – und führten sie, zielsicher, ins Innere des Geschäfts.

Reza folgte ihnen. Hinter ihm fiel die Tür ins Schloss. Er schloss ab. Aliya starrte ihn entsetzt an.

„Was soll das, Reza? Was macht ihr hier? Lasst mich sofort los!"

Ihre Stimme zitterte mehr vor Wut als vor Angst.

Doch die Männer reagierten nicht. Ruhig, fast mechanisch, führten sie sie zu einem Stuhl und drückten sie hinein - nicht brutal, aber bestimmt.

Reza holte sich ebenfalls einen Stuhl und setzte sich ihr gegenüber. Sein Gesicht war ausdruckslos, fast müde. Die beiden Männer blieben rechts und links neben ihr stehen, wie Schatten, schweigend, wachsam.

„Hör mir jetzt gut zu, Aliya.“

Rezas Stimme war leise, aber jeder Ton schnitt sich klar durch den Raum.

„Ich sage die folgenden Worte nur einmal zu dir und es wird deine einzige Chance sein.“

Er beugte sich leicht nach vorn, sah ihr direkt in die Augen.

„Wir wissen, mit wem du dich triffst. Und wir wissen, dass ihr etwas plant.“

Aliya regte sich, wollte etwas sagen – doch ein kaum merkliches Kopfschütteln von Reza ließ sie innehalten.

„Wir überwachen Latifa und ihren Ehemann schon seit mehreren Jahren. Und wir wissen, dass sie etwas Großes vorbereiten. Etwas sehr Großes."

Er wiederholte den letzten Satz – langsamer. Deutlicher. Fast wie eine Drohung.

„Wer sind wir?"

Aliya sprach jetzt leiser, aber schärfer. Die erste Welle der Panik hatte sich gelegt.

„Was wisst ihr? Und was soll das überhaupt alles hier?"

Sie sah Reza direkt an. Ihr Blick war fest, fast trotzig.

Ein kurzer Moment der Stille. Dann legte Reza seine Hände ineinander, ließ sie auf seinem Knie ruhen.

„Ich lege jetzt meine Karten auf den Tisch. Alle. Ohne Tricks, ohne doppelten Boden. Ich sage dir alles. Alles über mich – wer ich bin, wer wir sind und was wir bereits wissen. Und dann … dann bist du dran. Dann hast du eine Chance, mir alles zu erzählen.

Alles. Über den Plan. Über Latifa. Über ihren Mann. Also – bist du bereit dazu? Es ist deine einzige Chance, aus der ganzen Sache herauszukommen. Du weißt, ich mag Isa sehr und auch dich. Wir haben euch beide ins Herz geschlossen und ich möchte nicht, dass du dich weiter in die kriminellen Aktivitäten dieser Terroristen hineinziehen lässt, Aliya. Du bist jung, du hast dein ganzes Leben noch vor dir. Hast du mich verstanden?"

Aliya nickte. Ihre Augen füllten sich mit Tränen. Unbeirrt redete Reza weiter.

„Ich arbeite für die Metropolitan Police."

Er sagte es leise, fast beiläufig. Aber es war einer dieser Sätze, nach denen sich alles änderte. Für immer.

„Die Geschäfte hier … " – er machte eine vage Handbewegung, als wäre das alles bedeutungslos – „… nur Tarnung. Ich arbeite in einer Abteilung, die sich mit islamistischem Terrorismus beschäftigt. Observiere organisierte Zellen, die es eigentlich gar nicht geben dürfte, Leute, die im Schatten leben. So wie deine Freundin Latifa und ihr Mann Abu Khalid."

Der Name hing kurz in der Luft, schwer wie Blei.

„Wir kennen sie schon lange. Länger als du glaubst. Seit Jahren beobachten wir sie. Er – er bleibt im Hintergrund – zumindest bisher. Intelligent, unscheinbar, vorsichtig - fast schon wie ein Geist verliert sich seine Spur immer mal wieder. Und sie, sie rekrutiert neue Gefolgsleute, ausschließlich Frauen."

Er machte eine Pause. Als müsste er sortieren, was er sagen darf. Oder was er endlich loswerden muss.

„Wir konnten den beiden bisher nichts nachweisen. Nichts, was so belastend ist, dass es sich lohnen würde, sie festzunehmen. Zweimal jährlich reisen sie in den Irak oder nach Syrien. Und dann sind sie weg, meist so eine Woche. Unsere Kontakte vor Ort sagen, sie träfen sich dort mit ranghohen IS-Kämpfern. Nicht mit irgendwelchen. Die mit Blut an den Händen. Die mit Befehlsgewalt."

Er schüttelte leicht den Kopf. Und dann, leise, fast zu sich selbst:

„Ich weiß nicht, wie tief du da drinsteckst. Oder was du geglaubt hast, was das ist. Aber das hier ist definitiv kein Spiel. Nicht mehr.“

Aliya betrachtete ihn mit einem ausdrucklosen Gesicht, ohne etwas zu erwidern.

„Wir wollen dir ein Angebot machen“, Reza deutete den Männern an Aliya Seite, dass sie sich nun setzen sollten, um Aliya mehr Platz zum Atmen zu geben und ihr das Gefühl der Enge zu nehmen. Dann redete er weiter.

„Wir wissen von dem Anschlag an der St. Pauls Kathedrale und wir glauben, dass die Gruppe dahintersteckt. Ebenso glauben wir, dass sie an den Anschlägen vor einigen Wochen beteiligt waren – auch du Aliya.“

Er hielt nun Aliyas Hände ganz fest. Ganz im Gegensatz zu ihrer religiösen Überzeugung zog Aliya ihre Hände nicht weg. Es tat ihr gut, den sanften Druck seiner Hände zu spüren, und es gab ihr ein Gefühl der Sicherheit.

„Wir geben dir die Chance, straffrei aus der Sache herauszukommen."

„Was muss ich dafür tun?", Aliyas Stimme wirkte kraftlos.

„Du musst mit uns zusammenarbeiten, Aliya."

Plötzlich legten sich zwei Hände auf Aliyas Schultern und drückten diese sanft. Aliya drehte sich um und sah in die Augen von Amara. Es war ein fragender Blick, der sagte: *Du gehörst auch dazu?*

Amaras Blick war voller Zuneigung und Hoffnung, dass Aliya sich überzeugen lassen würde.

„Wir möchten, dass du alles erzählst. Wir haben Hinweise darauf, dass die Gruppe etwas Großes plant, etwas viel Größeres, als wir alle glauben. Etwas, was viele unschuldige Menschenleben kosten wird und auch eures, deins – Aliya. Bitte, arbeite mit uns zusammen. Lass dich nicht in etwas hineinziehen, was nicht deins ist. Der Islam ist eine friedliche Religion, lass nicht zu, dass man ihn dazu benutzt, Menschen zu töten. Lass nicht zu, dass er dir dein junges Leben nimmt – mit falschen Versprechungen, mit falschen Erwartungen.“

Rezas Stimme war gegen Ende seines „Plädoyers“ sanft geworden und traf damit genau in Aliyas Herz, in ihre Unsicherheit, die sie seit Wochen in sich trug, in ihre Zweifel, die sie seit einiger Zeit hegte.

„Ich mache uns mal einen Tee.“ Amara verließ den Raum. Aliya hörte, wie sie in der Küche Wasser in die Kanne füllte und mit Geschirr hantierte. Es waren vertraute Geräusche. Geräusche, die in Aliya ein Gefühl von Geborgenheit auslösten.

Reza saß nun ruhig vor ihr. Er ließ ihr die Zeit, die sie brauchte.

„Muss ich mich heute entscheiden?“

Ihre Stimme war leise, fast ein Flüstern, als hätte sie gehofft, die Antwort bliebe ihr erspart.

„Ja.“, antwortete Reza knapp, aber mit fester Stimme. Kein Zögern, kein Spielraum.

Sie schloss für einen Moment die Augen, holte tief Luft, dann platzte es aus ihr heraus.

„Ich mach's. Ich helfe euch. Sagt mir einfach, was ich tun soll."

Stille. Dann – fast unmerklich – huschte ein Lächeln über Rezas Gesicht. Es war kein einfaches Lächeln. Es war ein Ausdruck tiefer Erleichterung und aufrichtiger Freude – als hätte er selbst nicht mit dieser Antwort gerechnet.

… Aliyas Augen suchten voller Panik.

„Ich muss dich jetzt verlassen".

Eleen drückte Aliya kurz an sich. Dann löste sie sich entschlossen, drehte sich um und ging mit schnellen Schritten, ohne sich noch einmal umzusehen.

Aliya blieb zurück – allein, unfähig, sich zu bewegen. Ihr Körper rührte sich nicht, war wie gelähmt. Sie wusste, der Gürtel würde sich in zwei Minuten aktivieren. Zwei Minuten – exakt ab dem Moment, in dem Eleen gegangen war. So war es vorgesehen. So stand es im Plan. Niemand kam, um sie zu retten, überall nur Menschen, die versuchten, schnell an ihr Ziel zu kommen. Rezas Plan war gescheitert – *Allah vergib mir all meine Sünden* – war das Letzte, was sie dachte, dann griffen zwei starke Hände nach ihr und Aliya verlor das Bewusstsein.

„Aliya!“ – Eine Stimme drang zu ihr durch, aus der Ferne, verschwommen wie durch Wasser. Sie bahnte sich langsam einen Weg in ihr Bewusstsein, hindurch durch ein Dickicht aus Nebel.

Diese Stimme … sie kannte sie. Langsam kam sie zu sich. Sie fühlte, wie sie von Armen getragen wurde, durch die Menschenmenge hindurch und ein hektisches Durcheinander erlebte. Alles war grell und chaotisch, doch gleichzeitig seltsam gedämpft, wie durch Watte.

Dann – ein Türschlag. Kühle Luft. Licht. Man brachte sie in einen Sanitätsraum und legte sie vorsichtig auf eine Liege. Und plötzlich ging alles sehr schnell.

Ein metallischer Klick.

Der Gürtel war ab. Einfach so – weg.

Und dann war da Isa. Er stürzte zu ihr, riss sie an sich, umklammerte sie mit einer Verzweiflung, die keine

Worte brauchte. Er hielt sie fest – so fest, als wollte er sie vor der ganzen Welt beschützen. Und er weinte.

Er weinte hemmungslos, wie jemand, der etwas zurückbekommen hatte, von dem er geglaubt hatte, es für immer verloren zu haben.

Hinter Isa trat plötzlich Reza vor. Er lächelte – ruhig, erleichtert – und hob den Daumen.

„Reza … Hat alles geklappt? Ist jemand verletzt?"

„Alles ist genauso gelaufen, wie wir es uns erhofft hatten, Aliya", antwortete er mit erleichterter Stimme.

„Alles Weitere morgen, wenn du dich ein wenig erholt hast. Jetzt bringen wir dich erstmal ins Krankenhaus. Isa, du kannst bei mir mitfahren."

Man trug Aliya vorsichtig auf einer Trage hinaus, durch einen Hintereingang des Flughafens, fernab der Menge. Nur wenige sahen, wie sie in den Rettungswagen gehoben wurde. Die Türen schlossen sich, das Blaulicht sprang an und der Wagen fuhr los.

Es war vorbei.

Wirklich vorbei.

Und sie lebte.

Und sie *wollte* leben – so sehr wie nie zuvor. Sie wollte erleben, fühlen, lachen, rennen und lieben. Und sie wollte all das mit Isa tun. Sie hatte ihn nicht gut behandelt, er war immer so bemüht um sie gewesen und sie hatte es nicht gesehen – wollte es nicht sehen. Aber das würde jetzt alles anders werden. Dann schlief Aliya von dem sanften Rütteln der Straße ein.

Ein neues Leben

Am nächsten Morgen weckte ein leises Klopfen Aliya aus dem Schlaf. Sie blinzelte, schlug die Augen auf – sterile Wände, das leise Piepen eines Monitors. Sie war im Krankenhaus.

Mit schwacher Stimme sagte sie: „Herein.“

Die Tür öffnete sich und Reza trat ein. Langsam trat er an ihr Bett, zog sich einen Stuhl heran und setzte sich neben sie.

„Aliya … ich bin sehr stolz auf dich", sagte er leise.

„Du hast die richtige Entscheidung getroffen und du hast deine Sache sehr gut gemacht. Die letzten Wochen müssen die Hölle für dich gewesen sein. Du hast meine allergrößte Hochachtung für das, was du für uns – für dich, getan hast."

„Reza, ich bin dir so dankbar." Ihre Stimme zitterte leicht.

„Du hast mich gerettet. Wirklich gerettet. Ich war dabei, etwas Unverzeihliches zu tun, und du hast mich davon abgehalten. Du hast mein Leben gerettet. Ich war dabei mein Leben, und das vieler anderer zu vernichten."

Dann blickte sie durch den Raum.

„Wo ist Isa?"

„Den habe ich nachhause geschickt, damit er sich ausschlafen kann", Reza lachte auf.

„Was ist mit den anderen Frauen? Und habt ihr Latifa und Abu Khalid?“

„Wir haben den Bus mit Latifa und Abu Khalid als Erstes gestürmt. Die Zünder wurden sofort unschädlich gemacht. Aber wir wussten nicht, ob ein automatischer Notfallmechanismus am Gürtel installiert war – etwas, das ausgelöst hätte, wenn der Sprengstoff nicht zu einem bestimmten Zeitpunkt detoniert wäre. Deshalb mussten wir extrem vorsichtig vorgehen.“

Aliya schaute ihn mit großen Augen an.

„Und … was ist mit Hanna und Yara?“

„Beide sind wohlauf“, antwortete Reza beruhigend. „Wir haben sie genauso aus dem Verkehr gezogen wie dich. Und Maha, Farah und Eleen haben wir sofort abgefangen, nachdem sie euch verlassen hatten.“

Er legte eine kurze Pause ein und betrachtete sie dann prüfend und fürsorglich. Langsam kehrte Farbe in Aliyas Gesicht zurück. Ihre Schultern sanken ein Stück, als würde eine Last abfallen.

„Ach Reza … Ich freue mich darüber, dass niemand verletzt wurde. Wie geht es jetzt weiter?"

„Es wird einen Prozess geben, in dem auch du aussagen musst. Aber mach dir keine Sorgen. Eine gute Nachricht habe ich noch." Er schaute Aliya triumphierend an.

„Es ist uns gelungen, den Zusammenhang dieses geplanten Anschlages und auch der anderen Anschläge in London mit mehreren hochrangigen Männern der Führungsriege des IS herzustellen. Der Zugriff erfolgte zeitgleich mit dem am Flughafen Heathrow."

„Das ist großartig, Reza!"

„Das haben wir auch dir zu verdanken, Aliya."

„Jetzt bin ich müde. Ich werde noch ein wenig schlafen, bis Isa kommt."

Reza erhob sich und als er sich erneut umdrehte, um sich von Aliya zu verabschieden, bemerkte er, dass sie bereits schon wieder eingeschlafen war.

Am 17. Oktober 2016 begann die Großoffensive zur Rückeroberung der nordirakischen Stadt Mossul, die seit 2014 unter der Kontrolle des sogenannten Islamischen Staates – IS stand. Angeführt von irakischen Streitkräften, unterstützt durch kurdische Peschmerga - Einheiten, schiitische und sunnitische Milizen, assyrisch-christliche Kämpfer, sowie einer internationalen Anti – IS – Koalition unter Beteiligung der USA, rückten die Truppen in mehreren Wellen auf die Stadt vor. Im Januar 2017 eroberten die irakischen Streitkräfte und ihre Verbündeten den östlichen Teil der Stadt Mossul zurück. Und sie kämpften tapfer weiter. Nach monatelangen, erbitterten Kämpfen in teils dicht besiedelten Gebieten konnte der irakische Ministerpräsident Haider al – Abadi am 9. Juli 2017 schließlich die vollständige Rückeroberung Mossuls verkünden. Die Stadt war zurückerobert – ein symbolischer Wendepunkt im Kampf gegen den IS.

Mossul, August 2019:

Die Sonne stand grell am Himmel, als müsste sie sich von ihrer besten Seite zeigen. Und obwohl die Menschen in der Stadt schwer unter der Hitze zu leiden hatten, war die ganze Stadt in Aufruhr. Seitdem die irakische Regierung die Stadt 2018 offiziell für befreit erklärt hatte, war der Wiederaufbau in vollem Gange. Internationale Organisationen, lokale Helfer und Rückkehrer arbeiteten Seite an Seite, um das zerstörte Herz der Stadt neu schlagen zu lassen. Ein Symbol dieser Hoffnung war die große Al-Nuri-Moschee. Während der erbitterten Kämpfe war sie fast vollständig zerstört worden. Doch nun, Stein für Stein, begann ihr Wiederaufbau.

Aliya nippte an ihrem Tee und stellte die Tasse zurück auf das kleine Tischchen vor ihr. Zufrieden glitt ihr Blick durch den Garten, der in der Abendsonne golden schimmerte. Am anderen Ende des Gartens stand die Laube, dicht umwachsen von zwei üppigen Weinreben. Die prallen Trauben hingen schwer an den Ranken, bereit zur Ernte. Von dort herüber, trug der Wind Gelächter – vertraut, lebendig. Sie hörte die Stimme ihres Vaters, der sich angeregt mit Isa unterhielt. Zwischen ihnen saß ihre Mutter, aufmerksam lauschend, mit jenem warmen Lächeln, das Aliya so sehr vermisst hatte. Rais, ihr kleiner Bruder, war längst kein Kind mehr. In den Jahren ihrer Abwesenheit war er zu einem jungen Mann herangewachsen. In diesem Herbst würde er sein Studium an der Universität in Mossul beginnen – er wollte Lehrer werden. Aliya war sehr stolz auf ihn.

Er war dabei, den Grill anzuzünden. Für den Abend erwarteten sie Besuch – Isas Familie, Mariam und Muna mit ihren Ehemännern und Kindern würden zum Essen kommen.

Isas Blick suchte den ihren, ein Blick voller Zuneigung. Sie erwiderte ihn mit einem Lächeln. Ihre Hand ruhte auf ihrem Bauch, dessen Wölbung sich unter der Abaya abzeichnete. Die Zwillinge würden in zwei

Monaten zur Welt kommen – in London, wo sie gemeinsam leben würden und ihre Kinder aufwachsen sollten.

Isa hatte vor wenigen Wochen eine Stelle als Oberarzt angetreten und sie waren in ein kleines Haus in einem Vorort Londons gezogen. Reza und Amara freuten sich schon sehr auf den Nachwuchs - sie selber hatten keine Kinder. Wenn die Kinder geboren wären, wollten Aliyas Eltern für einige Wochen zu ihnen nach London kommen. Ihre Mutter hatte versprochen, ihr in den ersten Wochen zu helfen.

Aliya lehnte sich zurück. Ihr Blick wanderte nach oben, zu den Zweigen ihres kleinen Dattelbäumchens, die sich über ihr ausbreiteten. Er war stark gewachsen in den letzten Jahren. Sie streckte die Hand aus, pflückte eine Dattel und steckte sie in den Mund. Sie war süß und weich – genau wie die Datteln vom Markt, deren Kerne sie einst gepflanzt hatte.

ENDE

Über die Autorin

Ich lebe mit meiner Familie im äußersten Norden von Bremen. Das Schreiben ist meine große Leidenschaft, mal spannend, mal nachdenklich, aber immer aus dem Herzen heraus. Ob Regionalkrimi oder aktuelle gesellschaftliche Themen wie Religionskonflikte, Krieg und Vertreibung oder persönliche Schicksale – ich lasse mich nicht in eine Schublade stecken. Meine Geschichten entstehen aus dem, was mich bewegt.

Meine Bücher

Leos Abenteuer – Hallo Leo!

Willkommen, kleiner Leo! Der kleine Leo zieht in sein neues Zuhause ein. Mama, Papa und Marie geben sich alle Mühe, dass er sich wohlfühlt. Nach und nach entdeckt Leo die Welt.

Schatten der Vergangenheit

Eine Gruppe Schüler findet einen Toten an den Bahngleisen in St. Magnus. Was zuerst wie ein Selbstmord aussieht, entpuppt sich schnell als kaltblütiger Mord. Eine erste Spur führt Hanna und Kai in ein Übergangswohnheim für geflüchtete Menschen. Aber wer hatte ein Interesse an dem Tod des jungen Mannes? Ein neuer Fall für das Bremen - Norder Team um Hanna Wolf und Kai Siemer.

Schuld verjährt nicht

Eine Mordserie erschüttert das beschauliche Bremen-Nord. Das Team um das Ermittler-Duo Hanna Wolf und Kai Siemer übernimmt den Fall. Schnell wird klar, dass die Morde im Zusammenhang mit dem Verkauf von jüdischem Schmuck stehen. Aber wie stehen die Opfer zueinander? Warum war es ihnen so wichtig, dass man sie für Menschen jüdischen Glaubens hielt? Lange steht die Kripo Bremen vor einem Rätsel. Aber dann tun sich Abgründe auf, die bis ins Jahr 1943 zurückreichen.

Letzte Ausfahrt Mekka

Nur ein einziger Schlag reicht aus, um Isas Leben aus dem Gleichgewicht zu bringen. In kürzester Zeit wird aus dem jungen, westlich orientierten Mann ein streng gläubiger Muslim, der sein bisheriges Leben in Deutschland komplett auf den Kopf und in Frage stellt. Auf der ersehnten Pilgerfahrt nach Mekka

nimmt sein Leben eine tragische Wendung. Marie erzählt in diesem Buch einfühlsam die Wandlung ihres
Schützlings Isa, der Halt in seinem Glauben sucht
und damit die enge Bindung, die über mehrere Jahre
hinweg bestanden hat, löst. Durch die Ereignisse auf
der Pilgerfahrt bekommt Marie Kontakt zu Isas Familie in Syrien und einen Einblick in sein Leben, bevor er nach Deutschland geflohen ist.

Junis und Rasho

2015 - Junis und Rasho, zwei junge Männer aus Manbij, einer kleinen Stadt in Syrien an der Grenze zur Türkei. Manbij ist in dieser Zeit vom Islamischen Staat besetzt, der in der Stadt die Gesetze der Scharia eingeführt hat. Beide werden wegen Vergehen gegen diese Gesetze gefangen genommen. Sie kommen in ein Umerziehungslager des Islamischen Staates in eine gemeinsame Zelle. Junis, ein arabischer Moslem und Rasho, ein kurdischer Jeside, stehen sich aufgrund ihrer unterschiedlichen Kulturen misstrauisch gegenüber. Beide erkennen aber schnell, dass sie in dieser schwierigen Situation zusammenhalten müssen. Die Geschichte einer Freundschaft zwischen den Fronten des syrischen Bürgerkrieges und der Kulturen.

Good evening, how are you? – Alles gut? Die Geschichte einer Flucht – Doppelband.

Politik hatte in meinem Leben bisher keine große Rolle gespielt. Doch als 2015 die große Flüchtlingswelle kam, schaute ich genauer hin. Überall in den Medien sah ich Menschenströme, die sich zu Fuß und über das Meer ihren Weg nach Deutschland bahnten.

Damals habe ich nicht geahnt, dass ich schon bald einem Syrer helfen würde, in meine Heimat zu kommen. Es begann völlig harmlos mit "Good evening, how are you?" und entwickelte sich zu einer rasanten Flucht per WhatsApp.

Alles gut? Diese Frage stellte er mir oft. Apo war in Deutschland! Ich hatte gedacht, alle könnten zur Ruhe kommen und positiv in die Zukunft schauen. Doch die deutsche Bürokratie und Apos Gefühlswelt sollten mir einen gewaltigen Strich durch meine Pläne machen. Auch hatte ich die Gefühle unterschätzt, die Menschen überwältigen, die ihre Heimat verloren haben und sich einem komplett neuen System gegenübersehen. Mitgerissen durch Apos Gefühlschaos fuhren auch meine Gefühle Achterbahn. Die anstrengendste Fahrt meines Lebens. Überarbeitete Neuauflage der Autobiografien "Good evening, how are you?" und "Alles gut?" in einem Doppelband.